Sempre IRRESISTÍVEL

Universo dos Livros Editora Ltda.
Rua do Bosque, 1589 – Bloco 2 – Conj. 603/606
CEP 01136-001 – Barra Funda – São Paulo/SP
Telefone/Fax: (11) 3392-3336
www.universodoslivros.com.br
e-mail: editor@universodoslivros.com.br
Siga-nos no Twitter: @univdoslivros

CHRISTINA LAUREN

Sempre IRRESISTÍVEL

São Paulo
2015

UNIVERSO DOS LIVROS

Published by arrangement with the original publisher, Pocket Star Books, a Division of Simon & Schuster, Inc.

Diretor editorial: **Luis Matos**
Editora-chefe: **Marcia Batista**
Assistentes editoriais: **Aline Graça, Letícia Nakamura e Rodolfo Santana**
Tradução: **Felipe CF Vieira**
Preparação: **Raquel Nakasone**
Revisão: **Giovana Sanches e Jonathan Busato**
Arte e adaptação de capa: **Francine C. Silva e Valdinei Gomes**
Design original da capa: **Fine Design**
Foto: **Yaromir/Shutterstock**

Dados Internacionais de Catalogação na Publicação (CIP)
Angélica Ilacqua CRB-8/7057

L412s

Lauren, Christina

Sempre irresistível / Christina Lauren; tradução de Felipe CF Vieira. – São Paulo : Universo dos Livros, 2012. (Beautiful Bastard, 7)

112 p.

ISBN: 978-85-7930-878-9

Título original: *Beautiful beloved*

1. Literatura americana 2. Literatura erótica 3. Ficção I. Título II. Vieira, Felipe CF.

15-0603 CDD 813.6

Para nossas leitoras.
Obrigada por sentirem saudades do Max e da Sara, e por pedirem mais.

Um

A louça estava lavada, o apartamento arrumado, e Sara havia começado a cantar baixinho para nossa pequena princesa em seu quarto. Fiz uma rápida prece para o deus do sono das crianças, pois, no caminho para lá, Sara tinha me lançado aquele olhar.

O olhar *não caia no sono antes de eu voltar para a cama.*

O olhar *ainda não superei a visão da nossa bebezinha dormindo em seu peito nu.*

O olhar *você vai se dar muito, muito bem hoje à noite.*

Eu adorava minha vida. Pra caralho.

Na mesinha do outro lado da sala, meu celular se acendeu com uma chamada. Quando olhei o nome na tela, tive que abrir um largo sorriso.

– Você ligou pro cara mais feliz do planeta – eu disse para meu irmão, em vez de atender de um jeito adequado.

A resposta foi um pesado silêncio, e depois:

– Impossível você ser mais convencido do que isso.

– Verdade. Mas fala rápido. Estou prestes a ser atacado pelos nativos. – Meu Deus do céu, parecia uma eternidade desde que demos uns amassos antes de desmaiar por exaustão.

Eu estava até considerando fazer um bom alongamento antes.

Meu irmão mais novo, Niall, soltou uma risada.

– Nesse caso, espero que sobreviva, pois na semana que vem vou te visitar e eu ficaria terrivelmente desapontado se não receber aquele *tour* que você sempre me prometeu.

– Ótimo! – Bati na mesa com a palma da mão. A noite estava ficando cada vez melhor. Uma promessa de sexo por duas noites seguidas com minha linda esposa e uma visita do meu irmão na próxima semana. - Realmente ótimo. - Eu não via o Niall desde a última vez que estive em casa, quase um ano atrás, e ele esteve ocupado demais para nos visitar. - Então você vai ter uma folga no trabalho?

- Mais ou menos. - Ele fez uma pausa. - Certo. Então, é isso. Já está tarde. Liguei só pra avisar. Vou visitar a pequena Annabel, e não vocês.

Rindo, eu disse:

- Entendido.

- Chego na terça. Vou embora no domingo.

Anotei os detalhes e desliguei. Então fui procurar a Sara para contar as novidades.

Ela tinha parado de cantar. Para minha completa falta de surpresa, encontrei minha linda esposa dormindo na cadeira de balanço ao lado do berço, com a bebê em seus braços. Tirei a pequena Amada de sua mãe e a acomodei cuidadosamente no berço. Embora ultimamente Annabel dormisse só umas duas ou três horas por vez, quando pegava no sono não acordava por nada no mundo.

Eu suspeitava que não teria a mesma sorte com o próximo.

O próximo?

Pisquei forte, um pouco bravo comigo mesmo por ter pensado nisso. Só conseguimos um pouco de sono decente nas últimas duas semanas.

Depois de acomodar a bebê, atravessei o quarto para acordar a Sara. Seus olhos se abriram quando a toquei, e ela respirou fundo, piscando para mim.

- Ah. Acho que cochilei.

Eu me abaixei diante dela, usando o polegar para afastar uma mecha de cabelo em seu rosto e dizendo:

- Esse não era o plano.

- Não. Eu ia arrancar as suas roupas.

- Isso ainda é uma opção.

Sara apanhou minha mão e se levantou, puxando meu corpo na direção do corredor.

– No que você estava pensando enquanto olhava pra mim? – perguntou.

– Estava só sentindo o quanto amo minha vida, só isso.

– Bom, caí no sono imaginando se nosso segundo filho vai dormir tão bem quanto a primeira.

Ela olhou para mim com um sorriso no rosto, e eu deixei meu queixo cair, olhos arregalados e incrédulos. Como ela sabia que esse exato pensamento cruzou minha mente apenas alguns minutos antes?

– Você acha que a Anna *dorme bem*? – perguntei.

– Ultimamente, sim – ela esclareceu. – Precisamos só dar um tempo pra ela se acostumar.

Observei o cabelo da Sara deslizar sobre seus ombros quando ela se endireitou e sacudiu a cabeça. Seu cabelo estava mais longo, mais encorpado, e a maneira como deslizava sobre sua pele me fazia querer agarrá-lo com força e foder seu corpinho contra a cabeceira da cama.

Mas fazia uma eternidade desde a última vez que fizemos algo assim selvagem.

Engoli em seco e fechei os olhos, tentando acalmar minha fome quando ela se sentou na beira do colchão e lentamente abriu as pernas.

– Você está louca – eu disse com um sorriso safado.

– Provavelmente. – Sara encolheu os ombros de um jeito sexy que dizia que aquilo era uma meia verdade, e uma malícia profunda se insinuou sob a superfície.

Posicionando meu corpo entre suas coxas, ajudei a tirar sua camiseta regata e a deitei na cama para deslizar seu short de algodão por toda a extensão das pernas.

Devagar, Max.

Minha mente voava com ideias de jogar suas coxas para cima, morder seu pescoço e ir descendo até a barriga, chupar e lamber a doçura entre suas pernas até seus gritos sacudirem as paredes. Em vez disso, beijei seu umbigo, cintura, passei pelas costelas e subi até os seios firmes. Eles já estavam cheios, e ficavam cada vez mais enquanto a bebê dormia. Eu me abaixei, chupando a delícia rosada de seus mamilos.

– Você gosta de olhar para eles tanto assim? – A voz dela era apenas um sussurro. – Você gosta do sabor?

Eu *adorava* o corpo dela assim, mas não sabia como admitir. Adorava os quadris, os seios. Adorava assisti-la amamentando e depois se aninhando ao meu lado. Parecia que tudo no mundo estava no lugar certo depois da chegada da nossa filha. Mas eu ainda sentia um pouco de vergonha por querer que seu corpo ficasse assim depois de um parto tão difícil.

Eu me inclinei para frente com cuidado, pressionando meu pau dentro da cueca sobre a pele quente entre suas pernas.

Sara me puxou sobre si e deslizou a boca pelo meu pescoço.

– Você acha estranho eu querer continuar assim? – ela perguntou quando eu agarrei sua cintura. – E encher nossa casa com um monte de pimpolhos?

Eu ri em seu ombro.

– A falta de sono está comendo o seu cérebro.

– Eu sei que você quer uma família grande – ela disse. – E eu nunca estive mais apaixonada por você do que quando te vi como papai... – Ela percebeu que minha atenção tinha voltado para a firmeza dos seus seios, onde minha boca se fechava sobre um mamilo. – Eles ficam assim sempre que...

Beijei um caminho que subia até seu pescoço.

– Eles me dão uma experiência muito espiritual.

– Então você gosta do meu corpo desse jeito? – ela sussurrou.

Havia um tom diferente em sua voz, uma vulnerabilidade que me chocou. Sara sabia que eu adorava seu corpo, adorava cada centímetro de sua pele perfeita e macia.

Ou não sabia?

Afastei meu rosto para olhar em seus olhos.

– Eu *amo* o seu corpo. Amo o jeito como a maternidade deixou você feliz. Você parece radiante ultimamente. – Abaixando, continuei falando entre o calor dos seus seios. – Também adoro o quanto seus peitos estão cheios.

Ela agarrou meus cabelos e me puxou para cima, rindo.

– Finalmente, ele admitiu!

– O que você quer dizer com isso?

Ela franziu um pouco as sobrancelhas enquanto estudava meu rosto, movendo os olhos afetuosos para absorver cada aspecto da minha expressão. Sara fazia isso frequentemente: ela me estudava de um jeito discreto, mas intenso. Ela passou a ponta do dedo sobre meu queixo, olhando fixamente para meus lábios.

– Quero que você não se preocupe tanto – ela sussurrou. – Eu quero mais filhos, talvez não agora, mas algum dia. E quando falo isso, vejo o terror em seus olhos.

Engoli no meio da secura em minha garganta.

– A maternidade não é tão difícil em meu corpo quanto é para você.

– Meu corpo está lidando bem com tudo isso. Logo vou voltar para o trabalho. Olhe pra gente. Nós *conseguimos*.

Eu me abaixei, saboreando sua pele novamente. Beijando sua barriga.

Ela me levantou e sussurrou em meu ouvido:

– Diga que você não adorou ter seu bebê aqui.

Rindo, eu admiti:

– Com certeza foi mais fácil cuidar dela aí dentro.

Sara voltou a olhar para o meu rosto enquanto eu me movia sobre ela, separando suas coxas com meu joelho e me posicionando ali, sentindo meu pau crescer com sua sensação macia e quente debaixo de mim.

– Tudo certo, meu amor?

Sua respiração começava a acelerar, soprando quente contra meu pescoço. Suas mãos deslizaram pelas minhas costas, empurrando a cueca cintura abaixo.

– Sim.

Passei um dedo para dentro de sua boca, molhando-o com a sua língua antes de baixar para tocá-la entre nós dois. Eu gemi e me esfreguei em sua coxa.

- Tem certeza? Você não está dolorida?

Ela me encarou, mudando a expressão para algo que eu não conseguia decifrar direito.

- Tenho *certeza*.

- Nós transamos ontem também. Não quero machucar você - eu expliquei.

Ela fechou os olhos, puxando minha cabeça para seu pescoço.

- Eu sei, amor.

Eu deslizei para dentro, lentamente, e pressionei minha boca em seu queixo, gemendo. Acontecia sempre... sempre que a penetrava, eu sentia que nunca me acostumaria com essa sensação. Suas unhas se fincaram em minhas costas e ela soltou um gemido aliviado.

- Meu Deus! Você é o paraíso quando está debaixo de mim, minha flor... - Apanhando um seio com a mão, apertei, saboreando o fio de leite que escorreu em minha palma. - Caralho... - eu disse quase sem voz. - Isso é *demais*...

- Isso é algo novo - ela sussurrou, arranhando minhas costas.

Apertei meu queixo, lutando contra a confissão que queria escapar de mim.

- Eu adoro seus seios desse jeito. Desculpe... sei que pra você deve ser desconfortável... mas, porra. Adoro seus peitos assim, Flor.

Senti que ela ficou tensa debaixo de mim, então parei os movimentos para olhar em seu rosto.

- O que foi? - perguntei. - O que foi que eu disse?

Ela não parecia brava, era apenas uma mistura de decepção e curiosidade. Deslizando as pernas em cada lado do meu corpo, ela sussurrou:

- Desde quando você precisa se desculpar comigo?

Sorrindo, voltei a me abaixar e beijei seus lábios, cheios e doces. Meu coração estava batendo um pouco rápido demais; eu ainda não tinha certeza sobre o que tinha feito de errado.

– Você não precisa pedir desculpas por ficar excitado com isso – ela sussurrou em minha boca. – Sinto falta de ver você perdido em mim, sem se importar com mais nada.

Meu instinto imediato era *mostrar* a ela o quanto eu realmente estava perdido: queria erguer seus braços acima de sua cabeça e bombear forte, adorando a visão dos seios se movendo junto comigo, adorando seu peso e a excitação que eu sentia quando eles vazavam em minha pele. Mas, em vez disso, comecei a me mover lentamente sobre ela, tendo cuidado para dar prazer com cada pressão do meu corpo.

Sara agarrou meu traseiro, exigindo que eu aumentasse a velocidade e a força, e tentei dar mais a ela, mas era quase como se um novo instinto dentro de mim tomasse conta dos meus movimentos.

Vá com calma.

Vá devagar.

Vá com calma.

Vá devagar.

Nós já transamos muitas vezes desde que a bebê nasceu, mas ainda não voltamos à selvageria de antes, quando transávamos no chão da cozinha ou em cima da mesa, ou quando fazíamos um showzinho suado e maluco na boate. Naqueles dias, nós brincávamos de amarrar e de espancar. Naqueles dias, eu comia a Sara de todos os jeitos imagináveis, às vezes com estranhos nos assistindo, às vezes apenas com minha câmera como testemunha. Uma vez, eu mordi seu ombro com tanta força que ela sangrou, e isso a deixou louca de tesão.

Antes – e durante – a gravidez, nunca me ocorreu o quanto ela era *frágil*.

E então ela teve a minha filha: quase quatro quilos e mais de vinte e quatro horas de parto. Nos dois meses após a chegada de Annabel, nós nos viramos como pais de primeira viagem, nos apaixonamos por nossa filha, nos apaixonamos novamente um pelo outro e tiramos alguns cochilos sempre que podíamos. Eventualmente, também encontramos maneiras de manter uma intimidade cuidadosa com mãos e bocas, palavras safadas e brinquedos.

E então, quase dois meses atrás, a Sara disse que estava pronta para fazer amor de novo.

A princípio, fiquei aterrorizado, mas um beijo levou a outro e logo fiquei mais duro do que estive em semanas. O som que ela soltou quando a penetrei vai ficar para sempre marcado em meus pensamentos. Foi um som excruciante, um grito de dor e surpresa. Eu parei imediatamente, e embora ela jurasse que não sentia dor *agora*, eu não conseguia deixar de pensar que precisava lidar com ela de um jeito diferente. Estava sendo cuidadoso com um tesouro que apenas recentemente descobri que podia ser quebrado...

Ainda não tínhamos voltado para a boate.

Ainda não tínhamos nem apanhado a câmera para qualquer outra coisa que não fosse tirar fotos de nossa filha.

Ainda não tínhamos nem desarrumado os lençóis transando, muito menos quebrado móveis com nossa paixão.

Mas, aqui, em nossa cama, com a Sara debaixo de mim, faminta, gemendo baixinho, suas palavras ecoavam – martelavam – em minha mente como marreta atingindo concreto.

Sinto falta de ver você perdido em mim, sem se importar com mais nada.

Ela estava deixando que eu fosse gentil. Estava pacientemente esperando que eu percebesse que ela estava pedindo mais, estava pronta para sexo de verdade, de novo e de novo.

Ela dissera antes: *Você quer fazer um filme hoje?*

Não, minha flor, sentir você já é suficiente pra mim.

Você não sente falta da boate?

Não, minha flor, eu adoro estar aqui mesmo onde estamos, com nossa filha dormindo no quarto ao lado.

Você gosta de olhar para eles tanto assim? Você gosta do sabor?

Eu queria facilitar as coisas para ela. Eu queria que se sentisse segura e adorada. Fechei meus olhos, absorto com as sensações paradoxais de alívio quando Sara começou a gozar discretamente debaixo de mim, e com a dor no meu coração ao entender que, em algum lugar do caminho, eu tinha esquecido do que ela precisava.

—

Às quatro da manhã, sentei no chão do berçário enquanto a Sara amamentava a Annabel. O céu lá fora exibia um profundo azul-escuro, e mesmo a essa hora no Upper East Side, as ruas estavam relativamente quietas.

– Você não precisava se levantar – ela sussurrou.

Sara dizia a mesma coisa todas as manhãs, preocupada com a minha falta de sono e o longo dia de trabalho pela frente. Mas isso, bem aqui, era minha parte favorita do dia.

– Vou colocá-la para dormir e depois vou sair e correr um pouco quando você terminar.

Ela me observou na escuridão e disse:

– Eu te amo.

Engoli em seco, assentindo enquanto lutava contra o nó na garganta para retribuir o sentimento. Eu mal conseguira dormir na noite passada, depois de perceber que eu estava tão focado em desfrutar a Sara-Mamãe que acabei não prestando atenção na Sara-Mulher.

– O que foi? – ela sussurrou, vendo minha dificuldade.

– Acho que precisamos fazer um acordo para voltarmos ao normal antes de você engravidar de novo.

– "Normal"?

– Acho que entendi o que você estava tentando dizer ontem.

Suas sobrancelhas se juntaram e percebi que ela não tinha entendido o que eu estava falando.

– Hã?

– Quero ser o marido que você precisa novamente. Quero tirar fotos. Quero filmar. Quero sentir que estou te dando aquilo que você precisa.

– E o que eu preciso?

– Aquilo que *nós* precisamos.

Sara lambeu os lábios, baixando os olhos para a bebê.

– Você é muito mais do que eu poderia esperar. Você sabe disso.

- Eu gostaria de me superar de vez em quando - eu disse, e ela riu, levando a mão para a boca quando a bebê soltou seu seio de repente.

- *Shhh, shhh* - Sara murmurou para ela. - Venha aqui, meu amor.

- O que você acha de deixar minha mãe cuidando da nossa pequena Amada enquanto saímos pra jantar? E depois podemos lentamente evoluir para algo mais, quem sabe?

Ela voltou a me olhar, desta vez com olhos arregalados.

- Como a boate?

Fiquei observando-a segurar nossa filha e senti um instinto de proteção tão violento que me fez questionar se eu conseguiria deixar que outras pessoas a vissem assim, tão vulnerável, tão *gostosa*.

- Se é isso que você quer - eu disse, meio sem vontade.

Ela assentiu, gentilmente respondendo à questão insinuada no meu tom de voz.

- Sim, é.

—

Dobrei o carrinho e o guardei no armário da sala antes de arrancar minha camisa. Embora o inverno estivesse ameno, ainda estávamos em janeiro, e a camisa de manga longa que eu vestia para não congelar lá fora imediatamente me fez sentir claustrofóbico ao voltar para o apartamento.

Eu me abaixei, abri o canguru e puxei a bebê toda agasalhada lá de dentro.

- Gostou do passeio? - murmurei, beijando sua bochecha rosada. Ela estava quentinha e sorrindo, com seus enormes olhos castanhos franzidos iguais aos da mãe. - Foi uma boa corrida, não foi?

Sentei no sofá e deitei Annabel sobre meu peito enquanto recuperava o fôlego.

- Você está suado e sentado no sofá, não é? - Sara gritou do nosso quarto.

Mostrei a língua para a Anna e ela tentou agarrá-la.

– Muito suado – respondi para minha esposa. – Bem nojento, na verdade.

Os saltos da Sara se lançavam pelo corredor e ela congelou quando nos viu.

– Max.

– Depois eu limpo, flor...

– Dane-se o sofá – ela disse, aproximando-se. – Você está sem camisa com a bebê mais doce do mundo deitada sobre seus músculos. Coloque uma camisa, seu animal, ou não serei responsável por minhas ações.

Eu adorava quando ela olhava para mim daquele jeito.

– Imagine como me sinto quando você está dando de mamar.

Sara abriu um sorriso radiante quando se abaixou e beijou a perninha gorda da Anna.

– Ela parece um pêssego em cima de você.

Olhei para suas roupas e imediatamente me perguntei se conseguiríamos fazer a bebê tirar um cochilo tão cedo pela manhã. Fazia meses que eu não via a Sara vestindo roupas de trabalho, e só agora percebi o quanto eu sentia falta disso. Sua sainha preta chegava pouco acima dos joelhos, mostrando só uma fresta de pele sob as botas de couro. Seus peitos pareciam irreais com o suéter cinza que ela escolhera.

Seguindo minha atenção, ela olhou para os seios.

– Acho que preciso fazer umas compras hoje. Tudo que tenho fica apertado demais no peito.

– Não ouse tirar essa blusa.

Sara mordeu os lábios, piscando para mim.

– Você acha?

– Sim – murmurei, e o momento pareceu ganhar um peso extra. – Você está linda, minha flor.

– Mas... você não acha inapropriado? Quer dizer, o jeito como você está me olhando me faz pensar que essa blusa já não é muito profissional.

- Acho que depende de onde você está indo.

Ela encolheu os ombros, sentando-se ao nosso lado.

- Pensei em dar um pulinho no escritório, só pra não ficar muito perdida na semana que vem. Vou encontrar as garotas pra tomar café antes de ir.

Eu beijei o topo da cabeça da Anna.

- Quer que eu a leve comigo?

- Pode ser. Ou eu posso levar.

O que era aquilo no rosto da Sara naquele momento que me fazia sentir tanta coisa ao mesmo tempo e era tão arrebatador? Com ela vestida e se dirigindo para a porta, era como se eu estivesse vendo essa combinação pela primeira vez: minha amante, minha esposa e também uma mãe, uma provedora e... *caralho*, uma gostosa com os melhores peitos que eu já vi.

Ao me levantar, fiz um gesto para ela me seguir de volta para o corredor. Apanhei o assento musical da Annabel no berçário e o coloquei ao lado da penteadeira em nosso quarto, de frente para o conjunto de fotografias de árvores que ela adorava, e depois guiei Sara para a cama.

- *Max*...

- Só um minuto. - Peguei minha câmera no armário, montei o tripé e programei fotos automáticas a cada cinco segundos. A respiração da Sara estava rápida e curta quando eu me abaixei, beijei seu pescoço e disse: - Não vou demorar.

- A Anna está bem - ela disse, puxando meu corpo. - Pode me usar o quanto quiser.

Deitando-a de costas, empurrei sua saia até a cintura e comecei a beijá-la subindo pela barriga, sentindo meu pau endurecer com cada clique nostálgico da câmera e a sensação de suas mãos agarrando meus cabelos. Puxei sua blusa para cima, revelando a pele macia da barriga. Ela tinha o sabor da chuva, de frutas, e tinha o mesmo aroma doce que eu sempre adorei em seu corpo. Levando minhas mãos para suas costas, abri o sutiã e o puxei de cima dos seios.

Eu sempre adorei os seios da Sara, mas nunca fui do tipo que prefere peitos. Isso mudou recentemente. O peso deles, o cheiro suave da pele e a estranha faísca que eu sentia no meu abdômen sempre que ela amamentava... era um estranho reflexo querer olhar para eles, tocá-los desse jeito, e só agora percebi que estive lutando contra esse reflexo nos últimos meses.

Você não precisa pedir desculpas por ficar excitado com isso.

Minha boca se fechou sobre o mamilo, usei a língua para sugá-lo mais fundo, e então soltei um gemido. Ela estava quente, firme, tão cheia...

Eu fiz isso...

Eu a deixei assim...

E quando ela agarrou minha calça e a empurrou para baixo da cintura para tomar meu pau em sua mão, o momento se dissolveu num turbilhão frenético.

Eu podia imaginá-la olhando as fotos mais tarde, vendo o quanto eu adorei a sensação de tê-la em minha boca, de sentir seu sabor em minha língua. E então ela saberia, só de olhar para o meu rosto, o quanto eu amava o fio de leite em minha mão, o jeito como seus quadris pareciam espalhados sobre mim. Eu a venerava.

Eu venerava completamente essa mulher.

Impulsionei meu pau em seu punho, gemendo com a sensação de sua boca sugando meu pescoço e seus pequenos gritos desesperados em minha pele. Puxando a calcinha de lado, lambi minha mão e a usei para deixá-la molhada e poder penetrar com um único movimento dos meus quadris.

Ela ofegou, arregalando os olhos com excitação e alívio – ela estava *aliviada*, como se eu tivesse desaparecido e voltado, e talvez fosse isso mesmo. Eu retirei e entrei de novo, fodendo tão forte e rápido que eu sabia que gozaria num minuto; gozaria antes de levá-la ao êxtase, antes mesmo de considerar se ela queria que eu gozasse dentro antes de ela sair para o trabalho. Eu apenas... queria com tanta intensidade, com aquele desejo incontrolável que eu não sentia há muito tempo.

O cuidado e a doçura tinham ficado de lado, só por agora, e foram substituídos por algo antigo e familiar: uma profunda necessidade de possuí-la.

Levei a mão para baixo, tocando-a até ela se curvar em minha mão, ofegando e apertando-se ao redor do meu pau. Ela gritou, três súplicas agudas para conduzi-la por seu prazer, e então caiu em silêncio, puxando-me para cima e respirando fortemente em meu pescoço.

Ela me via todos os dias; nós nos abraçávamos, conversávamos, ríamos, adormecíamos na mesa de jantar juntos, fazíamos todo tipo de intimidade. Mas o alívio deste momento foi profundo. Agora eu sabia exatamente o que ela queria dizer quando sussurrou:

- Senti sua falta.

E tudo que eu pude responder de volta foi:

- Também senti sua falta.

—

Minha mãe já estava na recepção quando cheguei no escritório carregando a Annabel no canguru preso em meu peito. Ela pulou de repente, deu a volta na mesa e se aproximou da neta sem nem mesmo olhar para mim.

- Mãe - eu disse, rindo ao segurar seus ombros para que ela não acordasse a bebê. - Ela está dormindo. Calma, mulher. Você vai ficar com ela daqui a pouco quando eu começar a reunião com o Levinson.

Minha mãe olhou para mim e trocou a cara de leve desaprovação por um sorriso doce.

- Bom dia, meu amor.

Nunca fui um filhinho da mamãe, mas tê-la trabalhando na Stella & Sumner nesses anos era uma das minhas coisas preferidas no campo profissional. Desde que tivemos Annabel, fico cada vez mais agradecido com a proximidade de nossas famílias, já que elas sempre nos avisavam quando nós dois estávamos agindo como uma dupla de neuróticos.

E embora minha mãe tenha criado seus dez filhos com muita competência, eu me preparei para receber uma reprimenda ao lhe pedir - pela primeira vez - que tomasse conta da bebê para que eu e Sara pudéssemos sair. Nós sempre levávamos nossa filha junto conosco, mas agora... bem, agora era totalmente diferente.

- Mãe - eu comecei a falar enquanto ela voltava para sua mesa. - Eu estava pensando em levar a Sara pra jantar fora na sexta. Você se importa de cuidar da Annabel?

O rosto dela ficou branco.

- Max, você esqueceu.

Soltei um gemido. *Merda*. Era a segunda vez que uma mulher me dizia isso em menos de 24 horas.

- Esqueci o quê?

- Amanhã vou viajar pra Leeds, meu amor. Vou visitar a Karen por três semanas.

- Ah, droga.

- Posso cuidar dela hoje.

- Não, você precisa arrumar as malas e nós não planejamos nada ainda. Acho que seria uma operação militar para nós dois.

- Você está louco. Estou repetindo a mesma coisa pra você há semanas: leve sua esposa pra jantar, pelo amor de Deus. Depois que você, o Niall e a Rebecca chegaram, eu e o seu pai estávamos dispostos a deixar o cachorro cuidando de vocês para sairmos um pouco à noite.

Rindo, eu concordei.

- Não duvido.

—

- Que diabos é isso?

Olhei para a Annabel, que ainda dormia no canguru, e respondi para o Will:

- Isso aqui é um carregador de bebês.

Ele me seguiu até o escritório e se sentou no sofá.

– Parece que você foi saltar de paraquedas e esqueceu de tirar o equipamento.

Bennett entrou atrás de mim.

– Você parece um marsupial.

– É só um carregador de bebês, seus idiotas – eu ri, e depois sussurrei para a Annabel: – Não é mesmo? Você é minha filhotinha, não é? – Olhei para meus amigos e só então somei dois mais dois. – Bennett, que diabos você está fazendo aqui?

– Will e eu tivemos uma reunião com o Gross e o Barrett às oito. Você esqueceu?

– Puta que pariu, me dá um tempo! Não durmo faz uns quatro meses!

Os dois olharam para mim com olhos arregalados, por vários segundos de silêncio.

– Seus mamilos estão doendo? – Will perguntou.

Sacudi minha cabeça, rindo.

– Idiota.

Com todo o cuidado, abri o canguru atrás do meu pescoço e o soltei para deitar a Anna no sofá ao lado do Will. Ela se assustou, movendo braços e pernas para todo lado, mas logo voltou a dormir.

Da sua parte, Will agiu como se eu tivesse colocado um ovo frágil e gigante perto dele. Suas mãos estavam firmes no colo e os olhos voltados para a bebê como se ela pudesse rolar e explodir a qualquer momento. Ele esteve perto da Anna quase todos os fins de semana desde o nascimento, mas ainda olhava para ela como se fosse a coisa mais frágil do mundo.

– Desde quando você é um idiota perto de crianças? – perguntei.

– Eu adoro crianças – ele disse, olhando para mim. – Acontece que ela é tão *pequena*.

– Não é não – retruquei. – Ela é enorme.

– Você entendeu o que eu quis dizer.

– Olha – eu disse, sentando numa poltrona perto da minha mesa. – Preciso pedir um favor. Quero levar a Sara pra jantar na sexta-feira...

Bennett interrompeu:

– Você finalmente vai deixar alguém cuidar da Anna?

Fechando o rosto, expliquei:

– É mais fácil falar que fazer. Enfim, minha mãe vai viajar para Leeds amanhã, então ela não pode me ajudar. Será que um de vocês...?

Os dois me olharam com terror nos olhos.

– Ora, vamos lá, não é tão difícil. Só por algumas horas. Você e sua garota só precisam dar algumas mamadeiras, trocar algumas fraudas, depois ela dorme e nós voltamos.

– Eu não posso – Bennett disse, estremecendo com a desculpa. – Chloe e eu vamos para o Hudson Valley.

– Neste fim de semana? – Will perguntou, assentindo várias vezes, como se estivesse tentando convencer a si mesmo. – Eu provavelmente poderia fazer isso.

– Ótimo – eu disse. – Valeu, cara.

– Nunca troquei uma fralda. Ou dei mamadeira. A Hanna brinca dizendo que a única garota que não consegui conquistar foi a filha da Liv, a Aspen. – Encolhendo os ombros, ele acrescentou: – Mas tenho certeza que é uma questão de instinto, não é? – Ele contou as regras nos dedos: – Não queimar a Anna no banho, não deixar o leite no micro-ondas por muito tempo. – Will fez uma pausa como se continuasse a contar em sua mente. – Ah, e não deixar ela cair.

Eu me imaginei saindo do escritório agora e deixando a Annabel nas mãos do Will por um minuto; meu estômago revirou e eu quis vomitar.

– Você não pode levar a Hanna?

– Ela tem compromissos na faculdade nesse fim de semana.

Esfregando a mão no queixo, eu perguntei:

– Que tal... se você jantasse com a gente hoje pra dar uma olhada e aprender como faz?

Ele assentiu, mas engoliu em seco. Para ser justo, eu sabia que estava pedindo algo grande. Uma coisa era passar um tempo com a gente e a Annabel, outra bem diferente era ficar sozinho com a bebê.

- Você não pode simplesmente levar isso junto no restaurante? - Bennett perguntou.

- Mas o objetivo é justamente o contrário. E a Annabel não é "isso".

- Eu não a chamei de "isso".

Eu e o Will respondemos ao mesmo tempo:

- Chamou, sim.

Esfregando o rosto, murmurei:

- Foda-se. Venha jantar com a gente e tomar umas cervejas.

Nós pensaríamos em algo. Tínhamos que pensar.

Dois

Dobrei a 56th Street e vi o Parker Meridien quase no fim do quarteirão.

A fachada de granito cinza parecia tão sombria quanto o céu; as nuvens lá em cima estavam carregadas com neve que certamente cairia a qualquer momento. Depois do Natal, o inverno em Nova York era um horror: frio e molhado, cheio de lama suja e dias a fio sem nem uma fresta de céu azul. Mas este ano foi abençoado com um inverno mais leve, quente o bastante para que Max pudesse passear regularmente com o carrinho de bebê junto com Will e Hanna enquanto eles corriam pelo parque.

Meu celular vibrou no bolso da frente do casaco. Eu não precisava nem olhar para saber que era a Chloe, enviando a terceira mensagem na última hora.

`Cadê vc? Não vá dar cano na gente, Sara!`

Sim, talvez eu tenha perdido alguns almoços com as meninas desde que Anna chegara; não era fácil sair de casa com uma recém-nascida que não queria largar do meu peito de jeito nenhum.

Ignorei o celular, minha cabeça ainda cheia com a lembrança da manhã com o Max. A Chloe podia esperar.

Mas, claro, apenas dois passos mais tarde fui tomada por um medo de que a mensagem não fosse da Chloe. Talvez o Max dizendo que a Anna estava doente ou tinha se machucado ou...

Saí da calçada e, debaixo de uma marquise, tirei o celular do bolso. Era uma mensagem do Max.

```
Talvez o Will apareça para jantar. Tudo bem
pra vc?
```

Respondi que tudo bem e guardei o celular. A cada passo, minhas botas favoritas esmagavam o sal espalhado pelas calçadas. A Chloe queria me levar para fazer compras antes que eu voltasse a trabalhar, mas eu disse que não. Queria o conforto da minha saia favorita, os saltos que davam um leve balanço ao meu andar, além do suéter que deixou o Max sem palavras e acabou *consumindo* esta manhã. Precisava sentir que eu era eu mesma.

Ajeitei meu casaco e apertei a bolsa que Max tinha comprado no meu aniversário. Era uma bolsinha Burberry, não uma sacola de fraldas. Eu ainda não tinha saído de casa sem minha filha – muito menos sem fraldas, mamadeiras, paninhos e uma muda de roupas – desde que ela nascera, por isso o couro macio da bolsa parecia leve demais na minha mão.

Apenas algumas horinhas longe dela, só hoje, eu disse a mim mesma. *Só para sentir como é.*

Sorri para o porteiro quando entrei no saguão de mármore. O assoalho era branco e reluzente, encrustado com blocos negros e brilhantes, as paredes feitas de pedra polida. As pessoas se reuniam nos bancos e se sentavam debruçadas sobre seus celulares. As conversas fluíam pelo grande espaço e ecoavam pelas paredes. Passei por um arco gigante e virei para a esquerda, subindo as escadas que levavam para o restaurante Norma. Como sempre, pude ouvir a Chloe antes mesmo de vê-la.

– Aí está ela – Chloe disse, levantando-se com suas botas longas, cabelos ondulados e uma expressão que dizia que eu não escaparia de uma reprimenda por estar atrasada. – Até que *enfim,* porra.

– Eu sei, eu sei – eu disse, cruzando o assoalho de madeira até elas. – Desculpe. Acredite em mim, o tempo voa quando você tem um filho. Você acha que vai conseguir sair na hora, mas, quando se dá conta, já está meia hora atrasada.

– Tem certeza de que não foi porque o Max te viu com essas roupas e ficou meio empolgado? – Hanna perguntou ao lado da Chloe.

– Bom, você vive com um homem que ama peitos, então deve saber – eu disse, rindo.

Eu adorava a Hanna, mas o Max em particular passou a gostar muito dela no último ano, dizendo que qualquer garota que conseguia segurar Will Sumner pelas bolas só podia ser uma ótima pessoa.

– Ignore a esquentadinha aqui – meu assistente e bom amigo George disse, apontando Chloe. – Essa mulher não fica feliz se não estiver mandando em alguém.

– Pode apostar – disse Chloe.

Abracei todos e pendurei meu casaco no encosto da cadeira antes de me sentar.

– Como está a princesa? – Chloe perguntou, soprando sua xícara. – *Onde* está a princesa?

– Está ótima. Está com o papai hoje. – Um sorriso orgulhoso se espalhou no meu rosto. – Como está o Bennett?

– Um pesadelo – ela respondeu, igualmente orgulhosa.

– E quais as novidades entre você e o Will? – perguntei ao me virar para a Hanna. – Parece que nunca mais vejo vocês, mesmo agora que o Max decidiu invadir suas corridas no parque. Aliás, sobre isso, eu sinto muito mesmo.

Hanna apoiou um cotovelo na mesa e sorriu.

– Adoro quando ele aparece. E, julgando pelo olhar pateta no rosto do Will quando ele vê aquele carrinho de bebê vindo em nossa direção, posso garantir que ele também não se importa.

– Ótimo. Apesar de me sentir culpada, a hora extra de sono faz com que eu me sinta *bem* melhor durante o dia.

– Acho que eu deveria acompanhar essas corridas também – George comentou. – O Will corre sem camisa na primavera?

– George – Hanna disse, ignorando-o –, você não vai contar pra Sara sobre o bofe que está pegando?

– *Estava* pegando – ele corrigiu. – No passado. Foi um rompimento estágio um. Não quero falar sobre isso.

– Que estágio? – Chloe perguntou.

– *Estágio um* – ele esclareceu. – Jura que sempre tenho que ser o dicionário urbano gay para vocês? Primeiro estágio é quando você termina com alguém por mensagem de texto tentando não parecer um total babaca. O estágio dois é quando você diz para a pessoa "Olha, não está mais dando certo pra nós dois. É melhor a gente terminar". O estágio três é quando não está mais dando certo e você deixa acabar com o tempo. É doloroso porque, nesse estágio, a pessoa já se tornou um hábito. A pessoa sabe como você toma seu café, quais dias você pode comer carboidratos e quais não pode... bom, é um fim triste.

– Claro que sim – eu disse, mexendo meu café. – Restrições alimentares podem ser muito românticas.

George deu um soco brincalhão em meu ombro.

– Vou deixar passar seu sarcasmo porque você está amamentando e isso está claramente comendo o seu cérebro. Mas onde eu estava? Ah, sim, o estágio quatro. Bom... o quatro é quando uma pessoa ainda está apaixonada enquanto a outra... já superou. É horrível, certo? Daí o estágio um não parece tão ruim assim, mas, na minha opinião, é o pior estágio depois do quarto. Se uma pessoa se sente confortável terminando por mensagem de texto, você claramente não alcançou aquele ponto onde pode fazer várias perguntas, e definitivamente não pode ligar pra pessoa dizendo "Ah, oi, sou eu, o cara que usou a roupa de látex com você, lembra? Você pode me dizer o que aconteceu?".

Todas nós concordamos solidárias, e George ficou olhando para a tigela de bolinhos no centro da mesa antes de pegar um.

– Agora estou compensando minha tristeza com comida.

– Ah, George. Você estava apaixonado por ele? – Hanna perguntou.

– Não, imagina, menina – ele disse rindo. – Eu nunca me apaixono, a menos que o sobrenome dele seja Sumner.

O garçom parou em nossa mesa, servindo mais café para mim antes de anotar nossos pedidos.

– Quero um *waffle* com frutas e creme Devonshire – eu disse.

– Não consigo entender como você está assim – Chloe disse, apontando para o meu corpo – e ainda come desse jeito. Você não corre com a Hanna, e eu sei que não aparece na academia do escritório há meses.

– É um dos benefícios da amamentação. Tenho que ingerir mais calorias para manter meu leite.

E isso era verdade. Eu ainda malhava quando tinha tempo, mas a gravidez e a maternidade me deixaram com este novo corpo com o qual eu estava me acostumando só agora: uma cintura um pouco mais larga e curvas que nunca estiveram tão cheias. Sempre fui magra, mas agora me sentia mais macia, com quadris arredondados e peitos que surpreenderam até a mim mesma. Além disso, eu adorava quando o Max ficava vidrado neles, completamente incapaz de tirar os olhos. Eu estaria mentindo se não dissesse que esses momentos faziam com que eu me sentisse uma rainha.

– Qual é o seu plano pra voltar ao trabalho? – Hanna perguntou. Ela deu uma olhada em minhas roupas e acrescentou: – É pra lá que você está indo agora, não é?

Confirmei e tomei um gole do café.

– Eu não volto oficialmente até a semana que vem, mas pensei que seria mais fácil se eu desse uma passadinha hoje.

– Você vai mesmo entrar no escritório e se sentar atrás da mesa hoje? – George perguntou.

George foi um presente dos céus durante minha licença. Fiquei fora por dezesseis semanas, mas eu não queria me sentir desconectada com minha carreira na Ryan Media Group, então aparecia regularmente, embora tudo o que precisasse ser cuidado por mim pudesse ser levado para minha casa. Sem conversar muito sobre isso, nós criamos um sistema: Anna e eu encontrávamos George no escritório, ele me entregava os arquivos e as mensagens que precisavam da minha atenção, e eu deixava com ele o trabalho que fazia em casa.

Eu nunca entrava em meu escritório, e ele nunca perguntava o motivo.

O que era ridículo, se você pensar um pouco. Eu era Sara Stella, capaz de lidar com campanhas multimilionárias e gerenciar todo um departamento de finanças.

Mas eu ainda não sabia como fazer tudo isso e também ser uma mamãe.

– Você ainda não entrou no seu escritório? – Hanna perguntou. – Você acha que vai ser estranho voltar?

– Sei lá, acho que não. Quer dizer, eu quero voltar ao trabalho. Eu *preciso*. É uma parte muito importante de mim e preciso dessa parte de volta. Mas a Anna... a ideia de ficar longe dela oito horas por dia ainda me enche de culpa, como se eu estivesse arruinando sua vida de algum jeito, ou como se eu não tivesse um instinto materno que me fizesse querer ficar em casa. Além disso, sei que vou querer mais filhos em algum momento, mas como tudo isso vai funcionar? Será que é justo eu querer mais filhos quando tenho certeza de que sempre vou precisar *daquele* lado também?

– Isso é besteira – Chloe disse. – Você acha que os homens sofrem com isso? Claro que não. Você se matou pra chegar onde está. Se conseguir ter as duas coisas, então tenha as duas coisas. Pode ser preciso alguns ajustes, mas e daí? Você ajeita tudo com o tempo. – Ela inclinou a cabeça e acrescentou: – Você não vê o Max querendo ficar em casa.

– Na verdade... – eu disse, e foi suficiente para ganhar a atenção da Chloe. Ela deixou a xícara na mesa e se recostou na cadeira, esperando. – Não sei direito o que se passa com ele no momento. Sei que ele me quer tanto quanto antes da Anna chegar, mas acho que ele está precisando se adaptar mais do que ele pensou que precisaria com essa ideia de eu ser esposa *e* mãe. Está cuidadoso demais, como se não soubesse como me tratar.

– E quem pode culpá-lo? – George disse, e nós viramos para ele. – Você já viu o que um parto pode fazer com uma vagina? – Ele estremeceu de corpo inteiro.

– *George!* – Chloe exclamou, sacudindo a cabeça.

– O que foi? – ele gritou.

– Cala a boca! – ela respondeu.

– Por pior que seja essa lembrança – eu disse –, o George tem razão. Acho que o Max está preocupado pensando que vai me machucar, e eu não sei como mostrar que sou a mesma Sara de antes. Que *quero* as mesmas coisas de antes.

Chloe encolheu os ombros e apanhou seu café.

– Não sei, Sara. Antes ele tinha você por inteiro, agora precisa ficar assistindo enquanto você aprende a ser mãe. Não acho uma surpresa ele precisar reprogramar o cérebro para essa nova situação.

– O problema não é ter que me dividir... – comecei a dizer, mas a Chloe ergueu a mão.

– O que eu quero dizer é que a visão dele sobre você mudou – ela disse, levantando uma sobrancelha arqueada. – Primeiro, você era a luxúria em sua vida; agora, você é a mãe de sua filha.

Mordi os lábios, concordando.

– Ele está preocupado achando que estou mais frágil agora.

– Exatamente – ela disse, com um tom um pouco mais gentil. – Ter a Anna foi traumático. Não foi um parto fácil como vocês esperavam. Você já deixou isso pra trás, mas talvez ele ainda precise superar o trauma.

Chloe estava certa. O sexo desta manhã fora selvagem e bruto, como se o desejo por mim tivesse sequestrado a parte do cérebro do Max que dizia para ir mais devagar. E era *isso* que eu realmente queria.

– Quando foi a última vez que vocês dois saíram sozinhos? – George perguntou.

– Desde a Anna? Ainda não saímos.

Agora era ele quem erguia uma sobrancelha sabichona.

– Bom, aí está uma parte do seu problema, meu docinho de coco.

– Você está se referindo só a sexo selvagem? – Chloe perguntou. – Pois, convenhamos, a Anna nunca vai saber o que se passa...

– Verdade – George disse –, mas provavelmente é bem mais difícil transar igual dois coelhos com um bebê dormindo no quarto ao lado. É preciso um pouco de espaço.

Ele tinha razão.

– Amo minha filha mais do que qualquer coisa no mundo, mas eu quero horas e horas. Quero transar com meu marido até ele não conseguir mais lembrar do próprio nome.

Um silêncio se estendeu pela mesa durante alguns segundos.

– Falei demais? – perguntei, rindo.

– Nunca – George disse rapidamente. – Só precisamos de um tempo pra trabalhar essa imagem mental.

– Deus, eu pareço uma desesperada – eu disse, pousando o queixo no punho. – Talvez seja melhor começar com um jantar? Acho que o Max vai pedir pra mãe dele cuidar da Anna neste fim de semana.

– Bennett e eu podemos ajudar no próximo – Chloe disse.

– Ei, calma lá – George interrompeu. – E quanto a mim? Estou aqui só por causa do meu charme? Do meu rostinho lindo? Eu posso cuidar da bebê pra você.

Chloe virou a cabeça dramaticamente.

– *Você?*

– Para sua informação, minha mãe tinha uma creche, e eu dei aula na pré-escola durante todo o tempo que passei na faculdade. Até trabalhei no berçário durante o ensino médio. – Chloe ia dizer alguma coisa, mas George ergueu a mão antes. – Quieta, Mills. – Ele se virou para mim. – Eu posso cuidar da Anna. Posso cuidar dela hoje mesmo, se você quiser.

– Você cuidaria dela? – perguntei. – Você poderia mesmo fazer isso?

– Até de olhos fechados. Além disso – ele disse, voltando a olhar para os bolinhos –, eu não tenho vida social mesmo. Minhas noites estão sempre livres.

O cheiro do lar me atingiu antes mesmo de eu passar pela porta. Minha conversa com as garotas e o George fez maravilhas, e passei muito bem pelo dia sem nenhuma crise de estresse, sem lágrimas, e apenas um incidente com leite materno, quando uma ligação demorou demais e eu não consegui pegar minha bomba de extrair leite a tempo. Da próxima vez, vou fazer enquanto estiver ao telefone mesmo. E pronto. Minhas amigas estavam certas; eu ajeitaria tudo com o tempo.

Basicamente, eu estava me sentindo uma força da natureza quando entrei na sala, pronta para dizer ao Max sobre nosso jantar. Mas então dei de cara com ele sem camisa – de novo – enrolado numa toalha, com minha bebezinha dormindo em seus braços, e estava pronta para esquecer esse negócio de jantar e deixar que ele me engravidasse de novo naquele mesmo segundo.

Controle-se, Sara.

– Vou levar você pra jantar – eu disse. – Surpresa! E não acredito que vou dizer isso, mas você precisa colocar umas roupas de verdade ou nunca conseguiremos sair desse apartamento.

Max me olhou, confuso.

– Jantar? Como você...? – Sentando-se, ele disse: – Eu queria ter ligado pra você hoje. Eu queria levar você pra jantar esse fim de semana, mas minha mãe vai viajar pra Leeds amanhã. Esqueci completamente disso.

– É isso que estou dizendo: o *George* vai cuidar da Anna *hoje*.

– Hoje? E por acaso o George já viu algum bebê na vida?

Atravessei a sala e dei um beijo suave em sua boca.

– Oi – eu disse, depois dei outro beijo. – Sei o que você está pensando, mas ele é perfeito. – Tomei a Anna de seus braços e encostei meu rosto em sua cabecinha, aspirando o máximo que eu podia. Ela com certeza tinha o cabelo do Max, apenas um pouco mais escuro do que o meu, mas já um pouco ondulado. Seu cheirinho de bebê me atingiu e eu senti meus peitos ficarem mais pesados, meu leite descendo quase imediatamente.

A poltrona que o Max mandara trazer da Inglaterra para mim estava debaixo da janela, no quartinho da Anna. Era meu lugar preferido no apartamento, onde eu podia olhar para a cidade enquanto amamentava. Ajeitei minha filhinha, depois olhei para ele.

Ele claramente achava que eu estava louca.

– Estamos falando sobre o mesmo George?

– Tomei café com as garotas hoje de manhã antes do trabalho. Você sabia que a mãe do George tinha uma creche? Ele trabalhou lá quando estava no ensino médio e depois na faculdade. Ele trabalhou com *bebês*.

Max exibiu sua expressão mais cética.

– Estamos falando do mesmo cara de vinte e poucos anos que saiu no Halloween vestindo uma fantasia de Jesus com um queijo na cabeça dizendo que era o "Cheesus"?

– O próprio – eu disse, rindo ao lembrar da cena. – Ele provavelmente está mais preparado pra cuidar dela do que nós dois juntos.

Além disso, nós não estaremos longe. O restaurante fica logo ali na esquina. Ele pode ligar e voltaremos em menos de três minutos.

– Mas...

– Nada de "mas". Isso é exatamente o que precisamos. Agora vá se vestir. Ele vai chegar em quinze minutos.

George apareceu exatamente quatorze minutos depois.

Do banheiro, pude ouvir o Max abrindo a porta para deixá-lo entrar e logo depois começar a questionar suas qualificações.

– E a mamadeira? – Max perguntou, claramente querendo provar que estava certo e que George não sabia de nada.

– A Sara está amamentando, então você deve ter leite já extraído no freezer? Ou mesmo leite fresco? – George disse, mais para si mesmo do que para o Max, eu tinha certeza. – Do que estou falando? Honestamente, acho que vi mais os peitos da Sara nos últimos quatro meses do que os meus próprios. – Ouvi a porta do freezer abrindo e fechando, e entrei na sala para assistir o George respondendo as questões de Max uma a uma. Que parecia impressionado, embora a contragosto.

– Eu diria que ela está recebendo o leite a cada três horas? – George continuou. – Vou esquentar o leite gelado primeiro, com água quente, nunca com o micro-ondas. Mata as propriedades benéficas, sabia? E vou usar o leite congelado só se precisar. Vocês provavelmente vão voltar antes disso...

– Nós temos um aquecedor de mamadeira – Max disse, franzindo as sobrancelhas numa expressão confusa. George realmente parecia saber mais sobre cuidar de um bebê do que nós. – E as fraldas?

– Ora, Maxwell. Você é tão fofo. Eu poderia colocar uma fralda em você durante o seu sono e você nem perceberia. Sou um profissional.

– Pelo menos foi o que eu ouvi – eu disse, dando um beijo em seu rosto. – Desculpe, a Chloe não está aqui, e eu não podia deixar passar essa piada. Obrigada por nos ajudar.

– Sem problema. A princesinha e eu provavelmente vamos sentar aqui no sofá e chorar assistindo *Diário de uma paixão*. Por razões bem diferentes, é claro.

Entre beijos, abraços e instruções de última hora, levou mais quinze minutos para o George nos chutar para fora do apartamento.

Mas nós não fomos para o restaurante na esquina. George aparentemente causou uma impressão tão boa que o Max fez reservas de última hora num pequeno restaurante italiano que ficava um pouco mais longe. Eu estava nervosa com a ideia de deixar nossa filha sem realmente precisar, mas também estava animada. Aquilo era um *encontro*; apenas nós dois, e o ritmo do meu pulso não baixava por nada.

Fiquei observando seu perfil durante a viagem para o restaurante, enquanto as luzes da cidade destacavam a maciez dos seus lábios e as linhas do seu queixo. E me lembrei do nosso primeiro encontro *de verdade* – se é que posso chamar aquilo de encontro. Ele tinha me levado para o Queen of Sheba e eu não conseguia parar de olhar para sua boca. Eu *ainda* não conseguia parar de fazer isso.

A imprensa não perseguia mais Max como antes de ficarmos juntos mas, desde que Anna nascera, houve um aumento das fotos estilo Papai Gostosão Max Stella nas páginas sociais e em vários sites de fofoca. Não podia culpá-los, por mais mágoa que eu ainda guardasse por eles terem me ferrado em primeiro lugar.

Fechei os olhos, sentindo meu coração apertado ao voltar no tempo para nossa primeira noite juntos depois das fotos nos jornais, que me deixaram pensando que ele havia me traído. Max tinha dado uma festa, e, após não responder suas chamadas por mais de uma semana, eu apareci na casa dele, finalmente pronta para conversar. Mas não foi tão simples quanto eu imaginava – ele ficara realmente magoado –, e eu tive que me desculpar.

Eu me lembrava do pequeno sorriso contrariado que Max deixara escapar quando nós acordamos juntos na manhã seguinte; ele havia entregado o último pedacinho de si mesmo que restava.

Lembrava do quanto aquele sorriso apertara meu coração, dolorosamente. Ele estava com medo de me deixar voltar e, debaixo da forte luz matinal, nós dois suados e cansados, não pudemos mais nos esconder com nossos rostos pressionados na pele um do outro, ou no joguinho de esconde daquelas fotos. Ele me olhou diretamente, ousadamente, e então não havia mais nada entre nós.

– Fique – ele disse, abaixando para sugar a pele logo abaixo da minha orelha. – Fique comigo. Está tudo bem, minha flor. Somos *nós*. É tão fantasticamente bom, e se você fugir de novo, vai acabar me destruindo para sempre.

– Não vou fugir.

– Eu te amo, você sabe disso, não é?

Eu assenti, com meu coração preso em algum lugar entre minha garganta e o céu.

– Eu também te amo.

– Então está decidido. Não há mais dúvida sobre o que eu sinto por você. Você vai ficar aqui.

No fim, foi fácil assim. Sempre foi fácil assim. E aprendi a confiar.

Mas agora era diferente. Sim, o peso era maior, e era também mais complicado, e a facilidade de tudo – Max e Sara, naquele ritmo que nos ricocheteava como se fosse uma única batida de coração – agora estava martelando forte demais para que eu pudesse aguentar.

Porque eu sentia *tudo*. Era como se uma torneira tivesse sido aberta dentro de mim, enchendo minha alma com calor e orgulho e excitação e terror e vulnerabilidade e força e fraqueza e luxúria, e a torneira nunca fechava. Eu estava sendo preenchida cada vez mais até ter certeza de que explodiria, mas como eu poderia reclamar por sentir demais? Como eu poderia explicar que, se qualquer pessoa tentasse ferir meu homem ou minha filha, eu a rasgaria do avesso com minha fúria?

Como eu poderia reclamar que muitas vezes era difícil ficar dividida no meio do desejo de ser mãe e amante em partes iguais para as duas pessoas mais importantes que minha própria necessidade de respirar?

Max segurava minha mão enquanto dirigia, até que uma mensagem do George me tirou das lembranças.

– Ah, que lindinha – eu disse, virando a tela do celular para o Max. Era uma foto da Anna dormindo no ombro do George, pressionando sua mãozinha contra sua boca perfeita.

– Talvez devêssemos enviar flores para ele na semana que vem, em agradecimento – Max disse, e depois eu reconheci a curva no canto de sua boca, sinalizando sua verdadeira intenção. – E dizer que são do Will.

– Não se atreva – eu disse, salvando a foto antes de guardar o celular. – Se funcionar hoje, nós vamos usar o George mais vezes. Talvez eu até mude seu cargo de assistente para babá e lhe dê um aumento.

– Acho que vou aceitar isso – ele disse, depois levou minha mão até a boca e deu um beijo. – Talvez assim eu possa roubar você por um fim de semana. Em algum lugar onde possamos ficar trancados o tempo todo, sem nenhuma roupa por perto. Que tal?

– Parece perfeito.

Meu celular vibrou na bolsa, e paramos por tempo suficiente para eu alcançá-lo e encontrar outra mensagem do George com uma foto da Anna dormindo profundamente no berço e vários emojis de coração.

`Veja como ela está linda!`

– Isso está fácil demais – eu disse. – Mas, em vez de questionar, vou guardar o celular de vez e aproveitar a noite ao máximo. E talvez, se você tiver sorte, vou deixar me comer quando voltarmos pra casa.

– Isso, minha flor, é a coisa mais incrível que ouvi hoje. – Max pousou a mão atrás do meu pescoço e me puxou. Deixei-me levar sem resistência, minha mente girando com o que poderia acontecer depois do jantar, aonde poderíamos ir e as deliciosas safadezas que ele poderia fazer comigo. Era isso o que estava faltando para nós. Max e Sara. A noite seria perfeita.

Max estacionou na frente do Granduca di Sicillia e um manobrista veio abrir a minha porta.

– Pode deixar, amigo – Max disse, dando a volta no carro e oferecendo a mão para eu descer.

Ciente de que estava de vestido, eu cuidadosamente joguei meus pés no chão para só então me levantar. A mão do Max estava quente e segura. Dei um passo para frente com a intenção de segui-lo para o restaurante. Mas não consegui.

Mas o quê... eu quase engasguei quando percebi que estava presa. Ou, para ser mais precisa, meu *vestido* estava preso. A renda da minha saia tinha enganchado na trava interna da porta da BMW do Max.

– Espera um pouco... – eu disse, soltando Max para tentar enxergar melhor o estrago. – Meu vestido ficou preso.

Ele se ajoelhou do meu lado, mas eu dispensei sua ajuda.

– Não, só um segundo, eu vou...

A essa altura, o manobrista com a chave do Max tinha percebido que algo estava errado, e alguns outros funcionários também.

– Talvez se você tentar tirar aquele pedaço ali da trava – um deles disse.

– Não, isso só vai piorar. Está vendo aquele pedaço de renda? Vai ficar preso. Eu tenho uma tesoura. Posso ir lá pegar – disse outro.

– Caramba, está *mesmo* preso – disse o supervisor. – Como você conseguiu isso?

Quatro pares de mãos tentaram me soltar, mas eu afastei todos.

– Não. Por favor. É uma saia *vintage*. – Havia irritação em minha voz enquanto eu puxava um fio, tomando cuidado para não rasgar mais. Maldição, a saia não queria soltar de jeito nenhum, e eu já estava praticamente suando. – Foi um presente da minha mãe – acrescentei. – Deixa que eu dou um jeito...

– Oh – eles disseram ao mesmo tempo, e Max soltou um palavrão.

Então a saia rasgou. Tipo, realmente rasgou. Agora, em vez de um furo pequeno e fácil de esconder, havia um rasgo que começava na parte de baixo e subia até o topo da minha coxa.

– Não acredito que isso acabou de acontecer – Max disse.

– Mas aconteceu – eu respondi.

– Sinto muito, flor. Você quer voltar pra trocar de roupa?

– Não é nada – eu disse, levantei e beijei seu pescoço. – É só o destino pregando uma peça depois que eu disse que estava fácil demais. É *claro* que alguma coisa daria errado.

– Eu estaria mentindo se dissesse que não gostei dessa pequena alteração – ele falou, olhando para minha coxa exposta.

– Está obsceno demais? – perguntei, sentindo uma excitação passar pelo meu estômago diante de seus olhos arregalados.

– Absolutamente não. – Ele correu a mão sobre meu quadril e tocou a pele nua em minha coxa na frente de todos, na porta do restaurante.

Um calor correu em minhas veias. Será que ele iria brincar um pouco hoje? Será que me tocaria debaixo da mesa?

– Olha – ele disse, beijando meu pescoço –, o que você acha de ir ao banheiro consertar o que for possível, talvez checar com George como ele está se saindo, e enquanto isso eu confirmo nossa reserva?

Aceitei imediatamente.

– Acho ótimo – eu disse, apertando sua mão.

Não liguei para o George, achei melhor enviar uma mensagem e não arriscar acordar a Anna.

```
Sei que não preciso checar, então só quero
dizer um oi. Oi.
```

Sua resposta veio em menos de um minuto.

`Se vcs dois ainda não estão pelados, vou ficar desapontado.`

Eu ri secamente enquanto digitava de volta.

`Não, definitivamente não estamos pelados. Como está minha bebê?`

Ele respondeu:

`Perfeita. Está acordando agora, já coloquei o leite pra esquentar. Depois é hora de mamar e assistir a um filme.`

`Você é um salva-vidas.`

`Diga algo que eu não sei.`

Olhei para o enorme espelho no banheiro e percebi que Max estava certo. O estrago não era tão grande. Satisfeita, fui procurar meu marido, digitando uma resposta no caminho.

`Como poderei retribuir, George?`

`Traga algo brilhante pra mim.`

`Pode deixar.`

`E por "brilhante" quero dizer uns bofes vestindo sunga prateada.`

`Obviamente.`

Sua última resposta apareceu um segundo depois:

`É por isso que nós somos amigos.`

Fomos conduzidos para nossa mesa pouco depois. Por causa do jeito que o Max me olhava – como se nada fosse dar mais prazer a ele do que me jogar naquela mesa na frente de todo mundo e jantar a *mim* –, eu não sabia como aguentaria as próximas duas horas.

Escolhi um risoto de mexilhões com bacon e cebolinha, e ele pediu um fettuccine com aspargos. O garçom trouxe uma garrafa de *pinot noir* e a ofereceu para Max inspecionar. Ele sorriu e fez um gesto para o garçom mostrar a garrafa para mim – o que era ridículo, considerando que eu mal bebia –, mas meus olhos se arregalaram ao reconhecer o rótulo. Era o mesmo vinho que tomamos no discreto jantar depois do nosso casamento na prefeitura. Meu marido ganharia uma *bela* recompensa mais tarde.

– Perfeito – eu disse.

O garçom sorriu e começou a retirar a rolha.

– É uma ótima escolha – ele disse, colocando a garrafa entre os joelhos para segurar com mais firmeza. Riu nervosamente e forçou o saca-rolha, mas a garrafa não parecia querer abrir. – Uau, realmente está apertado.

– Talvez se eu... – Max disse, mas a rolha saiu de repente com um som molhado, e tanto Max quanto o garçom olharam desconfiados. A rolha estava preta com uma gosma.

– Oh – nós dissemos juntos. Max parecia realmente desapontado.

– Essa é uma baita de uma metáfora sombria – brinquei, mas a expressão de Max dizia que ele não tinha achado nada engraçado.

– Sinto muito – o garçom disse, depois olhou ao redor como se alguém estivesse ali para ajudá-lo. – Esta garrafa claramente já venceu. Vou trazer outra. – Ele fez uma pausa, e eu percebi imediatamente que não era um bom sinal. – Ai, acabei de lembrar. Essa era a última.

– Não se preocupe, amigo – Max disse, olhando para o cardápio de vinhos. – Acontece nas melhores famílias. Vamos ficar com o MacRostie mesmo.

O vinho foi servido e eu apanhei um pedaço de pão enquanto esperávamos nossos pratos.

– Então, como a Anna se comportou hoje? – perguntei.

Max me olhou sobre a borda da taça de vinho, curvando a boca num sorriso provocador.

– Acho que combinamos em deixar de lado qualquer conversa sobre bebês hoje, sra. Stella – ele disse. – Mas como gosto de aproveitar todas as oportunidades para falar sobre nossa filha, posso dizer que ela foi perfeita, como sempre. Minha mãe gosta muito de ficar com ela. Sem falar do Will, embora ele não faça nada além de caretas ridículas pra ela.

Como se fosse combinado, meu celular vibrou ao lado do prato e eu olhei para a mensagem na tela.

`Sua filha não está impressionada com Ryan Gosling. Isso claramente é culpa do DNA do seu marido.`

Junto com a mensagem havia uma foto dos dois no sofá, com a Anna fazendo uma careta hilária para a câmera.

Mostrei para o Max e digitei uma resposta rápida antes de colocar o celular – com a tela para baixo – de volta sobre a mesa.

Max pegou minha mão, esfregando o polegar sobre minha aliança.

– Eu não me importo de você olhar o celular, sabe? Esta é nossa primeira noite sem ela. É normal sentir um pouco de ansiedade. *Eu* estou um pouco ansioso.

– Não parece – eu disse. – Você nunca parece ansioso. Juro que você tem o rosto mais enigmático que já vi.

– Acho que isso não é verdade. Eu sentia que não conseguia esconder nada de você. Tinha certeza de que você já sabia que eu estava louco por você logo depois de nos conhecermos.

– Mas você bancou o difícil muito bem. Até mesmo eu... – Meu celular vibrou novamente e eu segurei um gemido de frustração.

Eram mais comentários sobre o filme e, honestamente, se não fossem as fotos adoráveis e se não o amasse tanto por fazer isso por mim, eu provavelmente chutaria seu traseiro para que parasse de me importunar nos próximos quarenta e cinco minutos.

A Anna estava mais agitada do que o normal? Ou fazendo esse movimento em que puxa o corpo pra cima antes de chutar e chorar?

– A Anna estava agitada hoje? – perguntei para o Max, sentindo uma súbita preocupação de perder algo importante por estar longe.

– Talvez um pouco, mais para o fim do dia, mas nada demais. Achei que estava pronta pra voltar pra casa, só isso. – Digitei:

A gente não notou nada. Por quê? Ela está bem?

Tenho certeza de que não é nada. A barriga dela parece um pouco mais barulhenta que o normal, vou fazer uma pequena massagem nela. Tentar tirar todas essas bolhas de gás.

Foi a resposta de George.

– Ela não está se sentindo bem. Quer dizer, ele acha que são só gases, mas não sei.

– Você acha melhor a gente ir embora, flor? – Max perguntou, a preocupação visivelmente crescendo em suas feições.

– Não sei.

E não sabia mesmo. Não sabia se este era um desses momentos nos quais eu precisava dizer para o meu lado superprotetor se acalmar, ou se deveria me entregar à preocupação crescendo em meu peito. Um bebê começou a chorar no restaurante e eu fechei os olhos com força. É claro que isso aconteceria agora. Eu já conseguia sentir meus seios cada vez mais pesados e sensíveis. Meu leite estava começando a descer e eu não tinha um bebê nem uma bomba por perto. A noite estava começando a despencar, e rápido.

Um movimento chamou minha atenção, e senti meus ombros relaxarem quando vi o garçom se aproximando com nossos pedidos.

– Graças a Deus – Max disse. – Você acha melhor pedir pra embrulhar?

O celular vibrou na mesa de novo, tão perto dos talheres que causou um tilintar. Ao servir meu prato, o garçom me olhou de lado.

```
Então, a Anna está se sentindo melhor agora.
Infelizmente, ela se sente melhor pq vomitou em
cima de mim. E no seu sofá. Mas pelo menos foi
uma evacuação útil.
```

– Ela vomitou na camisa italiana do George. Talvez seja melhor enviar flores *e* chocolate – eu disse. – E definitivamente vamos pedir para embrulhar.

Existem momentos em que você tem certeza de que o universo está dotado de senso de humor, quando você jura que alguém lá em cima está fazendo piada com a sua vida. Meu celular vibrou de novo, fazendo meus talheres tilintarem outra vez. Fui pegar o telefone no segundo em que o garçom apanhava o prato do Max, e no *exato instante* a pessoa na mesa ao lado se levantou, empurrando a cadeira. Eu peguei o celular, a cadeira bateu no garçom e o prato do Max cheio de molho branco saiu voando e... caiu em seu colo.

Água espalhou-se por toda parte, sobre a mesa, dentro do meu celular, na calça do Max... onde uma mistura gosmenta estava fumegando. Eu me afastei do caos, arregalando os olhos de horror. Uma criança perto de nós começou a chorar; olhei para o Max e a enorme lambança em seu colo.

– Está tudo bem – ele me acalmou, pegando um guardanapo e tentando limpar a calça.

Meu celular vibrou na mesa com outra foto do George.

– Está tudo bem, flor. Pode deixar.

Eu me sentei, tremendo.

– Isso é um desastre. Só quero voltar pra casa e ver minha filha. – Fiz uma pausa quando o Max parou de se limpar e olhou para os meus peitos. Senti meu pescoço e rosto aquecendo de humilhação. – Ah, *merda*.

Quando o Max olhou para mim e percebeu que meu leite tinha vazado através do vestido vermelho, criando dois grandes círculos molhados, percebi que sua paciência tinha se *esgotado*.

Jogando algumas notas de vinte sobre a mesa, ele se aproximou e me ajudou a levantar, envolvendo meu corpo em seu casaco.

– Vamos pra casa.

Eu me ajeitei ao lado dele e andamos rapidamente, em silêncio, até chegarmos lá fora. Não aguentei e comecei a rir loucamente.

– A gente podia ter jantado cereal, de pijama no sofá!

– Exatamente – ele respondeu, entregando o tíquete para o manobrista buscar nosso carro. Frustração e um sentimento de proteção transbordavam em seus gestos. – Uma tigela gigante de Sucrilhos e...

– Senhor – o manobrista interrompeu, olhando para o tíquete. Seu rosto estava branco. – Nossas sinceras desculpas, mas preciso lhe informar que houve um pequeno acidente...

Três

Eu podia ouvir o choro da Anna ainda no elevador e imediatamente soube que o George não tinha conseguido dar a mamadeira a ela.

Sara disparou correndo e se atrapalhou toda com as chaves até eu chegar e abrir a porta. Lá dentro, George entregou a bebê e – decifrando corretamente a expressão de Sara – insistiu dizendo que ela estava bem, que tinha acabado de acordar, mas que não queria a mamadeira e que já tinha tomado uma antes.

Não importava saber que ela já tinha jantado. Sara agradeceu num sussurro cheio de pânico e a levou para o berçário para dar de mamar.

– Você teve um acidente? – George disse, apontando para minha calça.

Quando Sara desapareceu no corredor, eu me virei para ele.

– O garçom teve um acidente, pouco antes de Sara ter um acidente, pouco antes do manobrista enfiar meu carro num pilar de concreto.

– Então o jantar foi ótimo, hein?

– Uma noite maravilhosa. – Só depois de olhar novamente para ele é que registrei a camisa que estava vestindo. – Essa camisa é minha?

George desceu a mão pelo peito até os quadris.

– Em mim parece mais um vestido. – Ele agarrou o tecido sobrando e fechou o punho. – Quase usei uma das echarpes da Sara como se fosse um cinto.

– Então... sua noite teve um pouquinho de vômito?

Ele confirmou, soltando a camisa.

– Foi quase uma cena do Exorcista.

– Foi mal – murmurei, sentindo uma exaustão súbita. – Juro que às vezes ela parece vomitar mais do que comeu.

- Não foi nada, sério. Foi muito melhor do que quando um cara que eu ia pegar vomitou em mim, porque pelo menos a Anna dormiu abraçadinha comigo depois.

- Valeu, cara. Tomar conta da minha filha hoje foi algo realmente generoso.

George de um tapinha em meu ombro.

- Vou deixar vocês dois a sós. Diga a Sara que eu a vejo na semana que vem.

- Pode deixar.

Depois de fechar a porta quando ele saiu, joguei minha calça na máquina de lavar e atravessei o corredor na direção do quarto da bebê, sentando em meu lugar de sempre no carpete macio perto da cadeira de balanço.

- Como está minha garota?

Sara sorriu olhando para Anna.

- Ela está bem.

Eu lambi os lábios, estudando seu rosto. Ela tinha relaxado assim que colocou nossa filha em seus braços.

- Eu quis dizer minha esposa.

Seus enormes olhos castanhos se encontraram com os meus e ela riu.

- Eu também estou bem.

Sara voltou a olhar para Anna e começou a cantar baixinho, acariciando seu rosto com o polegar. Fiquei olhando a pequena mão procurar cegamente até encontrar o dedo indicador de Sara e apertar. Esticando meu braço, segurei o calcanhar da minha esposa e fechei os olhos.

Tudo que eu podia ouvir era o cantarolar de Sara e os leves sons da nossa filhinha. Nosso mundo estava infinitamente melhor assim, mas tínhamos que aceitar que, pelo menos por enquanto, também estava muito menor.

—

Um toque em meu ombro me fez acordar assustado. O chão do quarto, eu dormi no chão do quarto da Anna...

Olhando para cima, fui agraciado com a visão de Sara vestindo um sutiã de renda que apertava seus peitos até eles quase derramarem para fora. Meu olhar foi descendo até ser capturado pela calcinha minúscula que completava o conjunto.

– Pijama novo? – perguntei, apoiando-me no cotovelo.

– Presente da Chloe.

– Pra você ou pra mim?

– Pros dois. – Ela fez um gesto com o dedo me chamando para perto enquanto saía do quarto de costas. Eu me levantei, seguindo seus passos até ela parar no meio do caminho, em cima do tapete macio no corredor.

– Aqui? – perguntei, chegando mais perto e me abaixando para beijar seu pescoço.

Ela exalava um leve toque de perfume – um aroma familiar que parecia uma mistura de floral e cítrico, que ela sabia que me enlouquecia. Vendo a Sara desse jeito, vestindo somente lingerie, com os cabelos longos e soltos chegando até a metade das costas, bem escovados, me fez pensar que fazia uma eternidade desde a última vez que tínhamos nos preparado assim. Nós costumávamos transar freneticamente ou nos perder num jogo luxurioso.

Agora, havia apenas sexo frenético ou exausto, e eu não conseguia parar de pensar que deveria levá-la para o nosso quarto e tratá-la com gentileza e paciência.

– Sim, aqui – ela sussurrou, subindo na ponta dos pés para raspar os dentes sobre meu queixo. – Lembra daquela vez quando jantamos na frente da televisão e eu te fiz uma surpresa colocando um filme de nós dois? – Sara arrastou os dentes em minha orelha. – Você ficou tão excitado que acabou me comendo aqui mesmo no corredor. Eu com a bunda empinada, as mãos na parede e as pernas abertas. Lembra?

Eu definitivamente lembrava. Já transamos várias vezes no corredor – o tipo de sexo desvairado pré-gravidez, quando não conseguíamos nem chegar no quarto. Aquelas vezes eram rápidas e malucas, um borrão de movimentos selvagens até cairmos no chão, suados e seminus. No dia do filme, eu tinha me assistido dominando e estapeando a Sara, e fiquei tão excitado que acabamos recriando a cena no corredor mesmo.

Mas hoje, com Annabel dormindo profundamente, por que iríamos...?

– Eu gosto desse tapete – ela explicou, deslizando pelo meu corpo até se ajoelhar. Meu cérebro teve um curto-circuito quando ela olhou para cima com uma expressão safada. – É macio e grosso e não machuca meus joelhos. – Ela puxou minha cueca para baixo e libertou meu pau, observando-o crescer enquanto fechava o punho em volta da base. Sara delineou um lento círculo na ponta usando a língua. – E eu também gosto do seu sabor – ela continuou, sorrindo para mim. – Você acha estranho?

Abri a boca, procurando algum som, até que finalmente soltei um grunhido.

– Não.

Ela mordeu os lábios, observando sua mão trabalhar um pouco antes de chupar a cabeça novamente. Soltei um gemido, sentindo o prazer dos movimentos da sua língua.

– Eu gosto da doçura – ela sussurrou, olhando para mim. – Relaxa. A noite foi um desastre, mas foi um desastre *engraçado*. E eu quero mais.

Sara me apertou, tirando gotas da ponta e lambendo.

– Como é me assistir fazendo isso?

Minha boca se abriu e tentei falar alguma coisa, mas só consegui soltar mais grunhidos. Sua língua passou sobre a parte logo abaixo da cabeça do meu pau, e minha mão apertou sua nuca; o ar estava preso na minha garganta.

Afastando os lábios com um beijo molhado, ela perguntou:

– Quando foi a última vez que você gozou na minha boca?

Eu sabia a resposta sem precisar pensar demais: duas semanas depois da bebê nascer, quando ainda não podíamos transar. Estávamos delirando por causa do sono atrasado e sentindo uma euforia por causa de nossa vida perfeita. Gozei em seus lábios não porque ela brincou comigo por muito tempo, mas porque não nos tocávamos fazia várias semanas e eu estava carregado.

– Tem um tempinho – admiti.

Ela concordou, fazendo beicinho antes de sorrir e beijar um caminho pela extensão do meu pau.

Eu queria suas mãos em mim, agarrando e puxando, desesperada, como quando ainda tínhamos energia para algo assim. Eu queria aquelas lambidas sobre minha pele e a vibração dos sons de seu prazer, queria aquela velha urgência. Ela se abaixou, lambendo outro caminho molhado da ponta até as bolas, sorrindo com os olhos, encarando-me, até esticar a língua e fazer vários círculos sobre a cabeça do meu pau.

Caralho.

Meus dedos entrelaçaram-se nos seus cabelos, massageando, guiando os movimentos enquanto eu falava coisas sem sentido; encorajando, implorando, elogiando sua perfeita boquinha doce.

– Adoro essa boca. Adoro quando você faz isso. – Desci um dedo da testa até seus lábios, sentindo a Sara deslizar para frente e para trás sobre mim. – Aposto que você consegue aguentar até o fundo, não é mesmo? – eu disse, sucumbindo ao que eu tanto queria.

Ela aumentou a intensidade até seus olhos começarem a lacrimejar, e então finalmente me soltou, recobrando o fôlego enquanto me encarava. Eu estava mais duro do que estive em meses, praticamente tremendo com a necessidade que sentia por ela.

Eu precisava de seus profundos olhos castanhos, precisava de sua voz discreta e rouca e de suas mãos, ao mesmo tempo suaves e fortes. Eu queria suas costas arqueadas e o sabor delicioso entre suas pernas e o aperto que ela dava ao gozar de repente com um grito de surpresa. Já transamos centenas de vezes, e em cada uma dessas vezes ela foi uma mulher diferente – uma nova descoberta –, revelando algo novo de si mesma.

Com meu pau entre os lábios, Sara levou as mãos até suas costas e abriu o sutiã, deixando-o escorregar pelos braços até cair no chão.

Seus olhos brilhavam ao olhar para mim e, quando Sara começou a tocar seus mamilos, atingi meu limite.

Uma perfeita sucção, sua bunda gostosa perfeitamente à vista... *meu Deus*. Fechei os olhos e me entreguei ao impulso que se acumulava em minhas coxas, subindo e endurecendo...

Ouvimos uma leve batida no quarto ao lado: era a Anna rolando no berço. Ela tossiu algumas vezes.

Comecei a me mexer, mas a Sara plantou as mãos nos meus quadris com uma urgência discreta.

– Ela está bem. Você está tão perto, meu amor, não saia daqui.

E então a bebê começou a chorar.

Sara deslizou a boca para baixo novamente, chupando forte e rápido, implorando com os olhos para eu relaxar, gozar e manter o momento vivo, mas como diabos eu deveria foder sua boca com nossa filhinha chorando no quarto ao lado?

É choro de fome, a Sara uma vez me disse. *Você consegue ouvir?*, ela perguntara. *Como soa diferente?*

Eu sabia, sem nem precisar perguntar, que seus peitos estavam pesados e cada vez mais desconfortáveis.

Desta vez, quando dei um passo para trás, ela não me impediu.

Passei meu polegar de sua testa até seu rosto, pousando em sua boca macia e molhada.

– Flor. Pode ir.

Com um sorriso de desculpas, ela tomou minha mão e se levantou. Ela estava tão linda na minha frente, com os seios à mostra, vestindo apenas a calcinha de renda, as pernas torneadas e lisas. Sara se esticou e me deu um beijo lento e suave, prendendo meu pau entre nós dois.

– Mais tarde terminamos?

– É claro – murmurei, beijando sua testa.

Sua bunda, quando ela se virou para entrar no berçário, estava sublime. E então ela se abaixou, apanhou a bebê e se dirigiu para a cadeira de balanço.

Em vez de me sentar aos seus pés como de costume, fui até nosso quarto para deixar meu corpo esfriar.

Vinte minutos depois, senti a Sara subir na cama atrás de mim. Sua mão estava quente, deslizando pelo meu peito. Sua boca estava macia e molhada sobre a pele nua do meu ombro.

– Você está acordado? – ela sussurrou, deixando a mão descer pela minha barriga, debaixo das cobertas. Meu corpo começou a responder quando ela me agarrou, mas eu estava tão perto de dormir, estava tão exausto. Segurei sua mão e a levei até meu peito, dizendo sem palavras que deixaríamos para depois.

—

– Bom dia, flor do dia. – Will estava sentado na minha cadeira, com os pés sobre a minha mesa.

Olhei para ele e fechei a porta do meu escritório.

– Você está confortável aí?

– A minha sala é melhor. Como foi sua noite épica?

– Levemente frustrante.

Sua expressão divertida diminuiu com a minha resposta, provavelmente honesta demais. Will se endireitou e plantou os cotovelos sobre os joelhos.

– O que aconteceu?

Deixei minha bolsa com o laptop sobre a mesa e me sentei na sua frente.

– O George foi bom, o problema foram as mensagens que não paravam de chegar, os acidentes no restaurante e o sexo que acabou não acontecendo.

– Que tipo de acidentes?

– Molho branco e água na minha calça, os peitos da Sara vazando através do vestido, o manobrista raspando meu carro. Você sabe, coisas normais que acontecem quando você sai pra jantar fora.

Will levantou a mão.

– Espera aí. Explica melhor essa coisa dos peitos e do vestido...

Eu suspirei.

– William. Às vezes você me decepciona com a sua previsibilidade.

Mas ele já estava sacudindo a cabeça.

– Estou honestamente curioso. Eles... *vazam?*

Senti minhas sobrancelhas se juntarem.

– Bom... sim. Claro que sim. Você sabe de onde vem o leite, não é? Sabe pra que serve? Sabe que a fonte não existe só pro seu prazer?

– Não tire sarro, Max – ele disse, apontando um dedo ameaçador. Ele parecia um pouco confuso. – E eles vazam, tipo, *constantemente?*

– Não constantemente, seu idiota. Só quando ela passa muito tempo sem amamentar ou se ouve a Anna chorando... – Eu estremeci e olhei em seus olhos. – Ou qualquer bebê chorando, aparentemente. Para ser honesto, isso foi algo que eu não tinha previsto.

Eu não sabia o que dizer. Eu não achava que estava traindo a privacidade da Sara conversando sobre isso; era como se eu tivesse acesso a uma sala secreta no clube dos homens e não deveria entregar a senha para o Will até que chegasse sua vez. Ele deveria sofrer um pouco.

Mostrei meu sorriso mais condescendente.

– Muitas coisas acontecem com o corpo de uma mulher que até mesmo você nunca viu.

Ele revirou os olhos.

– Não banque o espertinho comigo.

– Por quê? – Ergui uma das minhas sobrancelhas. – Fazer isso me dá tanta alegria.

Will inclinou a cabeça, como se estivesse considerando me contar ou não uma coisa. Ele cerrou seus olhos azuis e um pequeno sorriso tomou conta de metade da sua boca.

Esperei até ver que ele não aguentaria mais. Continuamos nos encarando por pelo menos mais dez segundos.

– Certo. Aqui vai – ele disse, soltando um suspiro. – Eu já fiquei com uma mulher grávida antes.

Fiz uma careta involuntária.

– Bom, já que eu sei que você nunca engravidou ninguém, vou ser direto: isso é bem esquisito.

– Pois é... Já fiz muita merda no passado que não faria hoje. Mas nunca fiquei com uma mulher que... – Ele olhou para o seu próprio peito e depois voltou a me encarar, com as sobrancelhas levantadas.

– Certo, certo – eu disse, esfregando a nuca. Will era um conhecido adorador de peitos femininos, então achei estranho ele nunca ter demonstrado pensar nessa vantagem da maternidade antes.

– E como é o sabor? – ele perguntou de repente.

Eu gemi e esfreguei os olhos.

– William.

– *Maximillian.* Nem tente fingir que você nunca experimentou.

Eu me lembrei da conversa que tive com a Sara na primeira semana em que voltamos para casa. Nós estávamos sob o efeito dos primeiros dias, com pilhas de louça suja na pia e vestindo as mesmas roupas do dia anterior. Sara estava sentindo dores, e eu fiz o que pude para ajudar: com minhas mãos, com minha boca. Ela ficou me olhando, com olhos arregalados, agradecida, arranhando as unhas gentilmente sobre minha cabeça, e então perguntou qual era o sabor.

Pisquei de volta para o presente.

– O sabor é... doce – admiti.

Ele gemeu, fechando os olhos.

– Acho que preciso chamar a Hanna pra almoçar em casa...

– Deus, você é patético.

Ele abriu os olhos e me estudou.

– Você gostou.

– Os peitos dela são gloriosos. É *claro* que eu gostei.

– Não só isso. Você gostou da *coisa*. – Ele se inclinou para frente, forçando meus olhos a encará-lo. – Gostou sim! Você gosta quando eles vazam e acha isso esquisito. Está sentindo vergonha, Gigante Gentil?

Eu me afastei, sacudindo a cabeça.

– Absolutamente não.

– E por "absolutamente não" você quer dizer "estou absolutamente horrorizado por gostar do...".

– Estou perto de chutar o seu traseiro até você sumir da minha sala.

Ele riu, inclinando a cadeira nas pernas de trás.

– O que significa que estou perto de desvendar a verdade.

– A *verdade*, seu mané idiota, é que agora existe um equilíbrio esquisito. – Hesitei por um instante, tentando organizar meus pensamentos. – Sim, é claro que há coisas surpreendentemente excitantes. Mas antes éramos só *nós*. Max e Sara, morando juntos, ainda conhecendo um ao outro. É como você e a Hanna agora: vocês podem ficar fora de casa o quanto quiserem, podem ser escandalosos na cama, podem viajar no fim de semana sem avisar ninguém. Nós estávamos no meio disso tudo, e agora existe uma garotinha em minha vida que é mais importante do que qualquer coisa. E... – Eu apertei minha nuca. – Eu não esperava isso. Não esperava sentir tantas coisas ao mesmo tempo. Sinto como se estivesse andando por aí com meu coração pra fora do corpo, e agora é ainda mais intenso por causa da Sara. Eu não sabia o quanto seria difícil presenciar sua energia dividida. Então, pois é, o fato é que eu basicamente quero transar com ela o tempo todo, mas fico preocupado que vou...

Ele ficou em silêncio, apenas ouvindo. E, como eu não sabia mais como explicar a estranha tensão dentro de mim, acrescentou:

– Você se sente culpado.

– Um pouco. – Passei a mão sobre a boca. – Quer dizer, veja só. Não tenho muita utilidade no momento. A Sara alimenta e dá conforto a ela. A Anna quer sua mamãe, entende? Posso trocar as fraldas, cantar pra ela, levá-la pra um passeio, mas ela ainda não precisa de *mim*. – Abri um sorriso triste, odiando a maneira como aquilo soava. – Mas eu preciso de muito mais. Parece egoísta querer que o sexo seja tão épico quanto era antes. Agora as coisas não são mais apenas sobre mim.

– Engraçado você não mencionar o que a *Sara* quer.

Soltei um gemido frustrado.

– Ela quer que eu volte a ser um pouco mais intenso, acho.

Ele congelou do outro lado da mesa.

– Então qual é o problema, porra? Vocês dois querem a mesma coisa, seu pateta. – Will se inclinou para frente, com uma expressão deliberadamente neutra. – Vocês ainda estão fazendo... o negócio na boate do Johnny?

Eu sempre me perguntei o quanto o Will realmente sabia sobre isso. Aparentemente, ele sabia bastante.

– Faz muito tempo que não fazemos isso – admiti, quase sussurrando. – Não desde que ela engravidou. Mas ela quer voltar.

– E você não quer? – ele perguntou, surpreso.

– Você gosta da ideia de deixar alguém assistir você com a Hanna?

Ele começou a assentir, mas parou.

– Sim e não. Eu gosto da ideia de estranhos assistindo enquanto eu faço o que quiser com ela, mas não quero realmente que outros homens fiquem fantasiando sobre ela desse jeito.

– Então, acontece que eu não me importo com isso. Mas considere sua opinião agora e depois imagine quando a Hanna tiver um filho seu. Quando ela for mãe, quando estiver amamentando, quando estiver sempre cansada e miúda igual a Sara. Sim, eu gosto pra caralho do corpo dela do jeito que está, mas sinto que isso é algo privativo, e se o mundo se intrometesse, eu poderia ir longe demais, e isso poderia acabar machucando-a. Nunca pensei assim quando ela estava grávida porque não existia nada de vulnerável em Sara, mesmo quando ela estava prestes a dar à luz. Ela se comportava como se soubesse que estava maravilhosa. Agora, se alguém não gostasse de sua aparência, eu chutaria o traseiro dessa pessoa até seus dentes voarem para fora.

Will olhou para mim com uma expressão vazia e soltou um bocejo fingido.

– Então você acha que estou sendo superprotetor demais.

– Igual um babaca – ele disse. – Você mesmo falou que isso é a sua fantasia. Pode não ser a minha, mas se a Sara gosta, por que você acha que deve ser diferente só porque agora tem um bebê em casa?

Eu me recostei na cadeira e sacudi a cabeça para ele.

– Essa conversa está intensa demais. Leite materno, fantasias sexuais, casamento. Você consegue mesmo continuar? Desde quando você se tornou um homem, William?

– Rá. Isso não é nada comparado com certos assuntos que a Hanna quer discutir comigo – ele disse, depois começou a rir. – Quer dizer, olha só. A Annabel tem só quatro meses. Sabe quando você sai do cinema ainda de dia e fica cego e desorientado por alguns segundos até seus fotorreceptores...

– *Will.* Concentre-se no assunto, porra.

– O que estou tentando dizer é que você ainda está preso nesses segundos. Você saiu da sala escura e não tem ideia de como é o exterior.

– Certo. Boa metáfora.

– Você está tentando reconhecer alguma coisa da sua vida de antes. Você quer sexo desesperado. Você quer sexo do tipo que destrói os móveis da casa. Você quer sexo na boate. *E* você quer fazer tudo isso com aqueles peitos maravilhosos.

Mordi meus lábios e depois admiti.

– É verdade.

– Deixa a gente cuidar da Anna. Afinal, somos os padrinhos, não é mesmo? – Ele ergueu a mão, impedindo que eu respondesse. – Quer dizer, sei que você ainda não se decidiu, mas nós seríamos muito melhores que a Chloe e o Bennett porque, sejamos sinceros, eles são uns cretinos.

Eu explodi numa risada.

– Mas o Bennett sabe lidar com crianças. Ele tem uma sobrinha.

– Ele morre de medo de recém-nascidos. O Henry disse que ele segurava a Sophia como se fosse uma bomba prestes a explodir, e só depois passou a lidar melhor com ela. Ele acha que vai quebrar a Anna só de olhar. E, pra ser honesto, eu não duvido disso. Às vezes ele também é um bebê chorão. Já a Hanna e eu... a gente vai dar um jeito. – Chegando mais perto, ele deu uma piscadela. – Afinal, somos *cientistas*.

Quatro

Por mais que Max, Bennett e Will fossem parecidos, suas diferenças eram ainda maiores. O primeiro instinto do Bennett era *sempre* liderar, encontrando a maneira mais rápida de ficar na frente e nunca largando o osso. Max era o charmoso – um grande empresário, mas também um docinho de coco –, o cara que sabia que você pegava mais moscas com mel do que com vinagre. E o Will era o pensador, aquele que destrinchava uma situação até entender exatamente qual era o problema para poder consertá-lo. Foi por isso que, quando o Max sugeriu que o Will e a Hanna cuidassem da Anna enquanto nós tentávamos o Jantar Desastroso pela segunda vez, eu acabei concordando. Will e Hanna eram duas das pessoas mais inteligentes que eu conhecia; se havia alguém que pudesse desvendar o segredo dos bebês, seriam eles dois.

Nós já estávamos prontos para sair quando eles chegaram em nosso apartamento, na sexta-feira seguinte.

Will estava vestindo uma camiseta de alguma banda que eu nunca tinha ouvido falar, e tinha uma expressão desconfiada no rosto. A Hanna, como sempre, parecia estar se divertindo atazanando o Will.

– Você não está com medo de um bebezinho, não é? – ela perguntou quando eles entraram.

– É claro que não – Will disse, desenrolando um cachecol azul do pescoço. – Só que entre oito e quarenta por cento dos bebês sentem cólicas, Hanna. Quarenta por cento. É quase a metade, no cenário mais pessimista, e se você considerar isso junto com o número de bebês que nascem todos os anos, as chances da Annabel são...

– Ela não sofre de cólicas, seu mané – Max disse, puxando-o para dentro até poder fechar a porta. – Hanna, espero que ele seja brilhante com seu imposto de renda, ou pelo menos que seja uma boa transa.

– Na verdade, ele é as duas coisas – ela disse, depois entregou seu casaco para o Max. – E não se preocupe, eu já fui babá centenas de vezes quando era mais jovem. Provavelmente cuidei de todas as crianças da minha vizinhança. Sou muito boa com bebês.

Will se posicionou ao seu lado, envolveu-a com os braços e plantou um pequeno beijo em seu nariz.

– Como isso foi possível quando você estava tão ocupada sonhando comigo? – ele perguntou, sorrindo.

Hanna sacudiu a cabeça e deu tapinhas no rosto do Will.

– É tão bonitinho quando você acha que tudo é sobre você – ela disse, e Max começou a rir. Will era nosso notório mulherengo, e era incrível saber que ele finalmente tinha encontrado uma mulher que conseguia domá-lo.

– Obrigada de novo, vocês dois – eu disse, empurrando o Will para poder abraçar a Hanna. – Nem sei se deveria ser otimista, então acho que apenas vou desejar boa sorte.

– Não seja boba – Will disse. – Nós, e por "nós" eu quero dizer a Hanna, vamos cuidar de tudo. Estou aqui apenas para abrir potes, matar aranhas e trocar lâmpadas, se necessário.

Hanna concordou.

Mesmo assim, fiz questão de mostrar onde tudo estava, passei uma lista de telefones de emergência e depois agradeci pela centésima vez.

– Ela acabou de mamar e já trocou de roupa. Tenho certeza de que vai se comportar... na verdade, essa é a hora em que ela geralmente dorme, então não deve acordar até mais tarde, quando nós já estivermos de volta. Mas, só por precaução, estaremos no restaurante da esquina.

Hanna assentiu e apanhou uma roupinha da Annabel de uma pilha no sofá.

– Não se preocupe – ela disse, ajeitando a pilha novamente. – Mesmo se ela acordar, tenho certeza de que o maior problema vai ser impedir que Will fique fazendo caretas pra ela.

Max vestiu seu casaco e me ajudou com o meu.

– Crianças, nada de convidar garotos – ele disse. – Nada de filmes eróticos também. Deixamos o dinheiro para a pizza em cima da mesa.

Will revirou os olhos e nos empurrou porta afora.

– Eu já disse, vai ficar tudo bem – ele repetiu, acenando para nós da porta. – Eu sou treze vezes maior do que ela. Treze vezes! O que poderia dar errado?

Não queríamos nenhum restaurante chique ou garrafas de vinho sentimentais. Em vez disso, paramos num pequeno restaurante descendo a esquina e nos sentamos na primeira mesa que encontramos.

Havia uma sensação de urgência no ar, como se um relógio estivesse contando os minutos em algum lugar, como se de jeito nenhum conseguíssemos passar ilesos por esta noite, talvez nem mesmo pelo jantar, sem Will ou Hanna ligando para nós com algum tipo de emergência real ou imaginária.

– Você acha que vai ficar tudo bem? – perguntei, dobrando e redobrando o guardanapo na minha frente.

Seus olhos se encontraram com os meus atrás do cardápio e ele encolheu os ombros.

– É claro que sim. A disposição da Annabel é igual à da mãe dela. Não posso imaginá-la causando problemas pra ninguém.

Eu ri.

– É possível que você esteja errado nessas duas afirmações, sr. Stella.

O garçom parou diante da mesa e fizemos nosso pedido, embora eu não soubesse bem por quê. Estávamos num restaurante por mera formalidade, só para fingir ser um encontro normal, antes que eu arrancasse suas calças.

Algo que eu queria fazer naquele instante.

Nossa comida chegou, e demorou apenas mais quinze minutos antes do celular do Max vibrar na mesa e ele atender, sorrindo antes de virar a tela para mim.

– Olha só pra ele – Max disse. Era uma foto do Will segurando a Anna, com uma expressão tão orgulhosa que parecia que ele tinha acabado de alcançar a fissão nuclear, e não trocado uma fralda. Ele estava fazendo um joinha para a câmera.

Um joinha muito branco, para ser exata. Hanna escreveu:

`Ele conseguiu!`

– Isso é...? – comecei a perguntar, cerrando os olhos e me inclinando para frente, tentando ver melhor. – Isso é talco de bebê?

– Acho que sim – Max disse, olhando a foto de novo. Parecia que um bolinho cheio de açúcar de confeiteiro tinha explodido sobre ele. Tinha talco no cabelo, nas sobrancelhas, espalhado no rosto e cobrindo as duas mãos, a que segurava a bebê e a que fazia joinha para a câmera.

– Ele vai se divertir limpando tudo isso – eu disse, sacudindo a cabeça antes de terminar meu hambúrguer.

– Vai ser bom pra ele – Max disse, enviando uma resposta para a Hanna antes de guardar o celular.

– Você acha que o Will e a Hanna estão prontos para terem um filho?

– Acho que o Will estaria pronto pra qualquer coisa que a Hanna quisesse. Deus, se ela pedisse pro Will entrar num grupo de tricô, ele responderia perguntando que tipo de lã combina melhor com a pele dele. É hilário ver esse cara tão amarrado. Algo me diz que a situação de hoje é exatamente o que eles precisavam.

– Então você acha possível que a gente consiga mais umas horinhas?

Max limpou a boca e jogou o guardanapo sobre o prato.

– Não quero chamar o azar, mas acho que sim.

Já fazia dez minutos desde a última mensagem do Will – um intervalo muito maior do que o George conseguiu – e eu tive uma ideia. Tudo estava bem em casa e eu *não* iria desperdiçar uma oportunidade de ouro como esta.

– O que você está fazendo aí, flor? – Max perguntou, apontando para meu celular.

– Ah, só procurando uma coisa.

– Uma "coisa"?

– Uh-hum.

– Não quer explicar melhor?

Em vez de falar, eu virei o celular para que ele pudesse enxergar a tela. Percebi em seu rosto o momento exato que ele entendeu.

– As coisas estão indo tão bem em casa que nós seríamos uns idiotas se não aproveitássemos... Estou reservando um quarto onde você poderá gritar o quanto quiser sem se preocupar em manter um ouvido no monitor da Anna. Quer dizer, se você estiver interessado... – eu acrescentei, abrindo um sorriso malicioso.

– Interessado? Vou pagar a conta de todo mundo no restaurante se isso for nos tirar daqui mais rápido – ele disse, fazendo um sinal para o garçom trazer a conta. – Já mencionei o quanto eu amo você?

– Uma vez ou outra – eu disse, sorrindo quando o garçom colocou a conta sobre a mesa. Continuei minha busca no celular até encontrar o que estava procurando.

– Então, agora nós somos o tipo de casal que aluga quartos por hora? – Max brincou, levantando-se para levar nossa conta até o caixa. Ele esfregou o queixo. – Estou surpreendentemente confortável com isso.

Era impossível não sentir como se estivéssemos fazendo uma travessura quando chegamos ao pequeno hotel do outro lado do quarteirão. Não tínhamos bagagem, a reserva tinha menos de quinze minutos, e eu tinha certeza de que a maneira como olhava para o Max – como se fosse jogá-lo sobre o balcão a qualquer minuto – pode ter sugerido para quem quisesse ver que nossa intenção não era apenas tirar um cochilo no quarto.

Sem mencionar que a carteira de motorista que Max usou como identidade mostrava um endereço que ficava a menos de dez minutos dali. Dane-se. Eu estava indo transar com meu marido; eles podiam pensar o que quisessem.

– Se possível, gostaríamos de um quarto na parte mais vazia do hotel – Max disse. – Nossa intenção é fazer barulho.

O funcionário olhou para a identidade do Max por um segundo, depois voltou a olhar para ele. Com uma expressão entediada e revirando os olhos, ele passou nosso cartão.

Dentro do elevador, Max me pressionou contra a parede, enterrando a mão em meus cabelos.

– Me diz o que você quer, minha doce Sara – ele disse, passando a ponta do nariz sobre meu queixo. – Esta é a sua noite, e quero fazer todas as coisas safadas que povoam essa sua mente suja.

– Eu quero você. Por cima, por trás.

Ele gemeu sobre minha pele, e eu senti toda minha ansiedade derreter. Ele não estava pensando demais. Não estava me tratando como algo delicado.

– E...? – ele disse.

Eu inclinei a cabeça e olhei para nosso reflexo no espelho do teto do elevador. A visão de nossos corpos juntos – mesmo vestidos – enviou um calafrio para minhas costas.

– Quero seu rosto entre as minhas pernas – eu disse. – Quero você selvagem.

Ele respirou fundo e soltou um pequeno gemido de excitação.

– Você sabe o quanto eu adoro o seu sabor. Você vai me deixar te lamber, minha flor?

Deus.

– Sim.

– Vai me deixar ser guloso e te chupar com meu rosto enterrado em você? Ou prefere que eu vá devagar?

– Quero tudo. Com força no começo, depois devagar. Saboreando – eu disse, embora não soubesse quanto tempo realmente teríamos. Fiquei observando quando o Max abriu o colarinho da minha camisa para revelar o topo dos meus seios. Eu podia facilmente imaginar nossa imagem daquele ângulo: eu nua de costas, de pernas abertas, com o Max entre elas. Eu veria seus músculos flexionados enquanto ele me devorava, com meus dedos entre seus lindos cabelos puxando-o para mantê-lo no lugar certo. Meus dedos dos pés flexionados enquanto meu orgasmo subia pelo meu corpo. Enquanto eu gritava.

O elevador parou e Max tomou minha mão, praticamente me puxando pelo corredor em direção ao quarto.

– Tudo – ele disse, colocando a chave na fechadura. – Farei de tudo com você. – A luz ficou verde quando a tranca se abriu e ele empurrou a porta. Lá dentro, foi minha vez de pressioná-lo contra a parede. Subi na ponta dos pés para alcançar sua boca, beijando-o com força e não perdendo tempo ao abrir seu cinto e puxar a camisa para fora da calça.

– Quero tirar fotos de você – eu disse, e ele me afastou apenas o suficiente para olhar em meus olhos.

– De mim?

Confirmei e comecei a chupar seu lábio inferior.

– Quero tirar fotos quando você estiver lambendo minha... boceta.

Max gemeu e deixou a cabeça cair para trás contra a porta.

– Você não tem ideia do que faz comigo quando fala assim. – Eu me perguntava se isso ajudaria, se o que Chloe disse era verdade. Talvez fosse mais fácil para ele se soltar se *eu* fosse mais incisiva primeiro. Passei a mão sobre seu umbigo e desci até a ereção que se forçava contra o tecido da calça. Agarrei seu pau, apertando o polegar sobre a ponta.

– Acho que tenho uma ideia sim.

Max começou a me conduzir, parando ao lado da cama. Ele puxou o celular do bolso e o colocou em minha mão.

– Vamos rezar pra isso aqui continuar em silêncio, e que seja porque o Will encontrou seu instinto materno, e não porque nossa filha descobriu como escravizar aqueles dois pra fazerem qualquer coisa que ela quiser.

Soltei uma risada e deixei o celular sobre o criado-mudo.

– Então, o que você vai fazer com essas fotos, minha doce flor? – ele perguntou, abrindo os botões da minha camisa um por um e deixando-a deslizar por meus ombros.

– Vou olhar para elas. E me lembrar.

– Quando? No trabalho? – ele disse, abrindo meu sutiã, empurrando as alças pelos braços e jogando a peça distraidamente na cadeira ao lado. – Talvez numa reunião, quando todos estiverem conversando ao seu redor enquanto você olha pro celular? Eles vão pensar que você está checando sua agenda, talvez lendo algum e-mail. Nunca saberão que você está olhando para as fotos onde meu rosto aparece entre as suas pernas, minha língua pressiona o seu clitóris.

– Oh, Deus – soltei, com suas palavras espelhando *exatamente* o que estava imaginando. Os olhos do Max percorreram meu rosto e desceram pelo pescoço. Meus seios se eriçaram, os mamilos endurecendo com o peso daquele olhar sobre mim. Minha pele se aqueceu e o resto das minhas roupas parecia me apertar demais.

– Isso deixaria você molhada, minha flor?

Eu assenti, primeiro tirando sua camisa, depois sua calça, encontrando a cabeça do seu pau escapando pela cueca. Ele estava muito duro, com a ponta já úmida sob a luz suave do quarto. Eu lambi os lábios, quase sentindo seu peso em minha boca, duro e macio contra minha língua.

– Tire o resto – Max disse, antes de puxar a coberta da cama e revelar lençóis brancos e impecáveis. A pilha de travesseiros caiu para o lado e ele apanhou um, colocando-o no meio da cama.

Eu tirei minha saia e calcinha a tempo do Max se virar e acenar em aprovação.

– Aqui – ele disse, mostrando o travesseiro. – Quero você aberta e pronta pra mim aqui.

Mesmo agora, depois da boate, do casamento, do bebê e tudo mais que fizemos juntos, eu senti meu rosto corar ao obedecer e subir na cama, tomando cuidado para deixar o travesseiro embaixo dos meus quadris. Eu me senti exposta, com as coxas separadas e o ar frio correndo sobre minha pele. Eu sabia que estava molhada e inchada, com meu clitóris sensível para o mais leve dos toques.

Mantive os olhos grudados nele enquanto Max terminava de tirar a cueca e subia na cama, lentamente avançando sobre mim. Estiquei meu braço para tocá-lo, querendo senti-lo dentro de mim e...

O celular vibrou no criado-mudo. *Merda.*

Tentei alcançá-lo cegamente, incapaz de desviar os olhos do Max e seu pau perfeito pairando entre nós. Acabei derrubando o relógio e o cardápio do serviço de quarto, até que finalmente encontrei o aparelho e o segurei na frente dele.

– Sara – Max disse, e eu precisei forçar minha atenção para longe do seu corpo.

– Sim?

– O celular? Você leu? – ele perguntou, colocando a mão sobre meu joelho, descendo a palma macia por minha pele até chegar no meio das pernas. – Estou um pouco ocupado aqui, e a menos que o quarto esteja pegando fogo ou nossa filha esteja passando mal, eu não quero ver uma mensagem de *ninguém* agora. Então responda você.

– Responder enquanto você...? – Minha voz sumiu e ele confirmou. Minha garganta estava seca e precisei me concentrar muito no que estava fazendo, em vez de me concentrar na maneira como Max posicionou a mão sobre meu clitóris.

– É o Will – eu disse, olhando para a mensagem. Era uma foto do rosto da Anna, com o nariz franzido e fazendo biquinho com os lábios. Uma ponta de seu cobertor amarelo cobria um pedaço da bochecha, então assumi que ela ainda estava no berço, dormindo. O texto dizia:

Que cara é essa?

Momentaneamente distraída dos dedos do Max deslizando sobre mim, eu perguntei:

Ela estava chorando?

Não. Só fazendo uns gemidos. Como um cachorrinho, ou algo assim. Ela está bem, eu estava apenas curioso.

Às vezes ela fica um pouco inquieta quando está dormindo.

Digitei a última mensagem, mas precisei parar quando senti os dedos do Max sendo substituídos pelo ar quente de sua respiração.

```
Ela geralmente se acalma sozinha! Não precisa
se preocupar!
```

Acho que minha mensagem saiu um pouco mais animada do que deveria.

Esperei um pouco, mas quando o Will não respondeu, deixei o celular cair na cama e soltei um gemido, jogando a cabeça para trás.

– Oh, meu Deus – eu disse, agarrando os cabelos do Max.

– Gostou? – ele sussurrou, lambendo com movimentos longos e lentos.

– *Sim!*

– Você é tão gostosa, minha flor – ele disse, circulando a língua ao redor do clitóris e murmurando as palavras contra mim.

Abri ainda mais as pernas e o segurei no lugar, impulsionando meus quadris contra seu rosto até praticamente estar fodendo sua boca.

– Mais – eu disse, olhando para ele. – Dedos?

Max me obedeceu, e senti quando ele deslizou primeiro um dentro de mim, depois outro.

– A câmera, flor – ele disse, então me lembrei do celular ao meu lado sobre o colchão. Max pressionou a boca em mim novamente, com os lábios envolvendo meu clitóris, chupando e chupando, soltando gemidos que reverberavam por mim. Minhas mãos tremiam quando apontei a câmera, tocando a tela com dedos trêmulos e tirando várias fotos.

Max gemia a cada clique da câmera, e a ideia de que era isso que o excitava – saber que depois eu olharia as fotos lembrando dos sons e tudo mais – tornava difícil não pular sobre ele ali mesmo.

Com dois dedos trabalhando dentro de mim, ele virou a cabeça, chupando e beijando a pele sensível da minha coxa. Eu estava quase gritando ao sentir sua barba de um dia raspando contra minha pele. Aquilo era demais. Max olhou para mim, encontrando meus olhos enquanto sua língua passeava. Tentei focar a câmera novamente para capturar o momento, mas uma nova mensagem apareceu na tela.

Como você esquenta o leite? A Hanna disse pra fazer em banho-maria, mas eu disse que podemos usar o micro-ondas se tivermos um termômetro digital e esquentarmos até a temperatura corporal de 37 graus. QUEM ESTÁ CERTO, SARA?

Precisei de três tentativas até conseguir digitar um simples A HANNA antes de jogar o celular para o lado e morder meu próprio braço para não gritar alto.

Max se afastou um pouco, pensando que algo estava errado, mas eu o tranquilizei.

– Está tudo bem – eu disse, embaraçosamente sem fôlego. – Não-pare-meu-Deus-por-favor. Continue... – comecei a dizer, mas tive que lamber os lábios e aspirar mais uma lufada de ar. – Continue, por favor, por favor, por favor. Estou muito perto.

Max redobrou os esforços, lambendo e chupando meu clitóris. Em algum lugar, no meio da loucura, eu o ouvi gemendo, ouvi o som de sua mão trabalhando em seu pau.

– Oh, Deus... você está? – eu disse, tentando levantar minha cabeça para olhar, mas o celular vibrou de novo.

Soltei um gemido frustrado, estava tão perto que podia chorar.

Ela não está tomando. Tem certeza que ela precisa comer tanto assim? De jeito nenhum um humano precisaria comer tudo isso. Quando você considera seu tamanho em comparação com a quantidade de fluidos que consome...

– Que porra ele quer agora? – Max disse, apoiando seu corpo com as mãos.

– A Anna não quer tomar o leite – eu respondi, e o Max deixou seu rosto cair sobre minha cintura. – Max, estou começando a achar que isso não vai dar certo. Nunca mais vou gozar e você vai ter que se acostumar a viver com as bolas roxas...

– De jeito nenhum – ele disse. – Me dá mais uns cinco minutos, eu consigo, eu juro.

Mas era inútil. Eu o queria – *Deus, eu precisava dele* –, mas agora só conseguia pensar na minha filhinha chorando em casa, com fome.

Nós ficamos deitados ali por um tempo, tentando acalmar nossa respiração e... outras coisas, antes de levantar.

– Vamos dar um jeito nisso, flor – Max disse, subindo sobre meu corpo e beijando minha testa. – Temos todo o tempo do mundo.

Peguei o celular para enviar uma mensagem para o Will dizendo que estávamos voltando, mas congelei horrorizada quando olhei para a tela. De algum jeito, enquanto eu me atrapalhava com a câmera e as mensagens... *puta merda, enviei para o Will uma foto da cabeça do Max entre as minhas pernas!*

– Oh... oh, meu Deus... – eu gemi, entregando o celular para o Max para que visse o que eu tinha aprontado. – Acho melhor eu não ser responsável pela câmera daqui em diante.

Rolei para o travesseiro soltando outro gemido enquanto Max lia a resposta do Will e explodia numa risada:

```
Certo... isso foi inesperado, mas entendi o
recado. Não tenham pressa. A gente se vira com
o leite.
```

Cinco

Eu já tinha visto fotos de Niall Stella, então é claro que estava preparada para a semelhança entre meu cunhado e meu marido – o mesmo cabelo castanho-claro, os mesmos olhos afetuosos, bonito *demais* para ser sincera –, mas não estava preparada para o impacto de ter não um, mas *dois* homens da família Stella diante da porta do nosso apartamento.

Niall deslizou pelos ombros sua bolsa de couro do laptop e se endireitou em todo seu esplendor antes de sorrir ironicamente para seu irmão.

Ele era tão alto quanto Max, porém um pouco mais magro. Anos jogando rúgbi deixaram Max com ombros e braços mais fortes e pernas definidas por músculos torneados. Niall definitivamente também tinha um corpo esculpido, mas esbelto, do tipo que exibe ombros largos e quadris finos. Um corpo perfeito para ternos.

Observando o jeito como entrou no apartamento, estava claro o quanto ele se sentia confortável consigo mesmo, mas era uma pessoa mais discreta, que não despertava a eletricidade no ar como seu irmão. Em vez disso, havia uma gentil confiança e um toque de vulnerabilidade que me fazia querer empurrar Max para longe e abraçar o Niall.

Ele não tinha conseguido vir para os Estados Unidos para nosso pequeno casamento de última hora – estava no meio de um divórcio e um emprego novo –, mas havia prometido nos visitar assim que possível. Eu sabia que ele e Max, com apenas dez meses de diferença, eram irmãos muito próximos, e Max estava mais animado com a visita do que gostaria de admitir.

Max adorava Will e Bennett – e não havia situação no mundo em que ele não faria qualquer coisa para ajudar seus amigos –, mas isso não se comparava com seu carinho em relação ao irmão. Os dois se abraçaram com força, e talvez fossem os hormônios me afetando, mas é possível que seus olhos fechados e seus sorrisos tenham deixado meus olhos marejados. Talvez.

Max sussurrou algo no ouvido do Niall que eu não pude entender, depois bateu em suas costas e o conduziu para dentro. Ficou claro que Max estava ainda mais preocupado com seu irmão do que ele mesmo pensou.

– Faz muito tempo que a gente não se vê – Max disse, apanhando a mala de Niall antes de fechar a porta.

– Com certeza – Niall disse, e uau. Dois britânicos sob o meu teto. Eu não tinha chance contra isso.

Saí do corredor, entrei na sala e acenei de leve para Niall quando ele me viu.

– E você deve ser a adorável Sara – ele disse, atravessando a sala para beijar meu rosto. – É muito bom finalmente te conhecer.

Niall sabia abraçar muito bem, dobrando os joelhos e envolvendo os braços completamente ao meu redor. Quando me soltou para olhar em meus olhos, eu quase suspirei.

– Agora entendo porque ele se apaixonou tanto assim – Niall disse.

– Pode acreditar – Max acrescentou.

– Acho melhor vocês dois pararem de ser tão fofos. Desse jeito eu não vou aguentar.

– Faremos o possível, flor – Max disse com uma piscadela, depois conduziu Niall para a sala de estar. – Você está ótimo. O divórcio realmente te fez bem.

Max tinha me explicado as circunstâncias do divórcio de Niall e Portia, contando que se casaram logo depois da escola e ficaram juntos até o verão passado, quando decidiram que não estava mais funcionando. Max também me disse que "não está mais funcionando" era eufemismo para "a Portia era uma megera".

Se o comentário do Max irritou Niall, ele não deixou transparecer. Em vez disso, afundou-se no sofá e suspirou como se fosse a primeira vez que relaxava em muito tempo.

– Você sabe que eu nunca falaria mal da Portia – Niall disse, sacudindo a cabeça com um sorriso –, mas sim. Eu me sinto muito melhor agora.

Um pequeno gemido ecoou do monitor de Anna em cima da mesa. Eu me levantei, explicando que estava na hora de pegá-la depois da soneca.

Eu podia ouvir os dois conversando enquanto trocava a fralda, batendo as garrafas de cerveja e dando risadas, e sorri para minha filha.

– Está pronta para conhecer seu titio? – sussurrei. Ela sorriu para mim, chutando o ar com seu pezinho coberto pela meia. Eu a levantei e a levei para a sala de estar, e os dois pararam de conversar imediatamente. O Max parecia o papai mais orgulhoso do mundo, e Niall estava completamente maravilhado.

– Ela é maravilhosa – disse, deixando a garrafa na mesa e se levantando. – Ela é absolutamente linda, Sara. Parabéns.

– É uma gatinha, não é? – Max cruzou a sala para tirá-la de mim, beijando minha testa antes de se sentar ao lado do irmão.

– Mamãe deve estar nas alturas – Niall disse, passando um dedo sobre a borda do cobertor.

– Você não tem ideia. Não demora nem cinco minutos para ela tirar a Anna de mim quando a visitamos.

Meu coração se apertou enquanto observava os três juntos. Discretamente, retirei-me para a cozinha para deixá-los sozinhos enquanto colocavam o papo em dia.

Cansado depois de um longo dia de viagem, Niall pediu licença e se retirou para o quarto quando fui colocar Annabel para dormir.

Com o silêncio sobre o apartamento, apaguei as luzes e chequei a porta uma última vez antes de encontrar Max em nosso quarto, dobrando roupinhas de bebê e colocando-as numa cesta sobre a cama. Deitei-me ao seu lado e fiquei assistindo.

– Você fica muito sexy fazendo tarefas domésticas – disse para ele, acariciando sua coxa.

– Se você acha isso sexy, então precisa me ver trocando uma fralda.

– Na verdade, já vi. Por que acha que me casei com você? Por isso e por causa do seu sotaque. Ah, sem esquecer do seu pênis gigante.

– Exatamente – ele disse, depois se abaixou e me beijou. – E eu casei com você porque você é linda e inteligente e extremamente sexy. Sem falar que consegue desafiar o mundo e ganhar.

– Desafiar o mundo – repeti, dobrando um par de meias. – Acho que logo vou voltar a fazer isso.

Max deixou a cesta de lado e se ajoelhou no chão de frente para mim.

– Você não está pronta ainda, minha flor?

Apanhei uma camiseta da Anna, uma que servia algumas semanas atrás mas que já estava na hora de mandar embora. Eu mal conseguia me lembrar dela vestindo essa camiseta. O que mais eu perderia enquanto estivesse trabalhando? E mesmo assim...

– Estou pronta – eu disse, honestamente. – Acontece que é um pouco difícil calar aquele sentimento de culpa de *querer* voltar ao trabalho.

– Mas por que diabos você quer calar isso? Permita a si mesma sentir todas as coisas, Sara. Depois olhe ao redor e perceba que você pode fazer qualquer coisa que quiser. Você pode desafiar o mundo e mesmo assim continuar sendo a melhor mãe e esposa que existe. A Annabel vai crescer te vendo fazer todas essas coisas e sabendo que ela também poderá fazer isso, se quiser.

Max se aproximou e se sentou ao meu lado na cama.

– E estive pensando. Sei que você quer voltar para a boate, e quero que saiba que eu também quero isso. Estava pensando sobre uma coisa que conversamos outro dia, sobre como houve um tempo em que parecia que a Annabel nunca dormia. Mas com o tempo, nós superamos isso, não é mesmo?

Eu confirmei.

– Talvez aquilo sirva como uma nova regra. A gente se vira quando as coisas acontecerem.

– Sabe, eu estava pensando a mesma coisa. Estive tão obcecada em provar que eu, que *nós* continuamos iguais. Mas não precisamos ser. Eu amo essa nova vida e amo a nova versão de você, assim como amava a antiga versão também. Talvez até mais.

Max chegou mais perto e ergueu meu queixo para me encarar antes de beijar longamente meus lábios.

– Gosto disso. Então você vai voltar pro trabalho, e nós vamos continuar a fazer isso. – Ele beijou os dois lados do meu rosto e depois fez um gesto entre nós dois. – Fazendo o que é melhor para *nós*. Na verdade, estou animado pra ficar com ela mais tempo no escritório. E minha mãe, e até mesmo o Will, ficarão felizes.

Puxei Max para se deitar ao meu lado, e encaixei minhas pernas entre suas coxas.

– Sabe, todos estão dormindo.

– Você acha que poderia ficar em silêncio com o que eu faria com você? Isso é um insulto – ele disse, sorrindo contra minha boca.

– Não sei. Mas eu certamente estaria disposta a tentar. Talvez se você me amordaçar?

Max arregalou os olhos, depois começou a desabotoar meu vestido.

– Acho que podemos tentar algo. Na verdade...

Como se fosse combinado, a Annabel escolheu aquele exato instante para começar a chorar.

– Vamos esperar um pouco. Talvez ela volte a dormir – eu disse, afundando meu rosto em seu pescoço. Ele cheirava tão bem, igual o Max que eu sempre conheci, mas também com um toque da Anna. Ele iria se dar *muito* bem.

Dois minutos de choro se passaram. Eu tinha acabado de sair dos braços do Max quando o silêncio voltou.

Olhamos um para o outro. De repente, algo no corredor chamou nossa atenção.

– O que foi isso? – Max perguntou.

Fiquei ouvindo, sem conseguir entender o canto suave que vinha da sala de estar. Nós nos levantamos e nos vestimos rapidamente antes de entrar no corredor andando na ponta dos pés.

Viramos a esquina e o Max parou tão de repente que acabei trombando em suas costas.

– O que foi? – sussurrei.

Max deu um passo para o lado e lá estava Niall: sem gravata, a camisa desabotoada, descalço e andando de um lado para o outro, falando suavemente para uma Annabel de olhos vidrados nele.

– Tô ferrado – Max disse. – Não demorou muito pra ela se apaixonar por ele. Não que isso me surpreenda.

– É isso mesmo, gatinha – Niall murmurou, beijando suavemente seu rostinho gorducho.

Anna continuou a olhar maravilhada para ele, e Max e eu nos encaramos.

– O Niall tem talento pra isso – sussurrei.

Ele olhou de volta para o irmão e em seguida para mim.

– Você está pensando o mesmo que eu?

Seis

Fiquei olhando para o meu irmão na manhã seguinte enquanto ele mordia uma torrada e passava a vista pelo jornal, alheio à minha inspeção. Fazia muito tempo desde a última visita – nunca ficamos tanto tempo longe um do outro. Casamentos começando e acabando, carreiras deslanchando, bebês nascendo, obrigações familiares e muitos outros obstáculos impediram que eu fosse para a Inglaterra e ele viesse para os Estados Unidos. Embora eu fosse apenas dez meses mais velho, encontrá-lo agora trouxe de volta aquela velha sensação protetora que seu calmo estoicismo sempre despertava em mim.

Já que raramente falava de si mesmo, eu precisava ter certeza de que ele realmente estava bem.

Niall parecia mais magro, mas ao mesmo tempo mais em forma. Eu não estava brincando quando disse que o divórcio fez bem a ele. Em vez de parecer deprimido, era como se literalmente um peso tivesse saído de seus ombros. Seu rosto estava menos cansado, a boca menos estressada. Ele voltou a sorrir facilmente.

De todos os meus irmãos, Niall e eu éramos os que mais se pareciam fisicamente, porém éramos muito diferentes mentalmente. Éramos altos, tínhamos porte atlético e o cabelo castanho-claro do nosso pai. Mas, enquanto eu demorei anos para colocar a cabeça no lugar sobre escola e o que fazer da vida, Niall já nasceu pensando como um engenheiro: lógico, calmo, meticuloso. Eu saí com praticamente todas as mulheres solteiras em Manhattan; ele se casou com a primeira garota que beijou. Eu nem tinha encontrado um único emprego que gostava até conhecer o Will e abrir a nossa empresa; Niall alcançou sucesso na engenharia civil tão cedo que se tornou o segundo no comando do metrô londrino quando tinha apenas 28 anos, pouco antes de ser seduzido pelo setor privado. Eu falava muito, me abria fácil demais, era indiscreto quando amava.

Niall pensava muito antes de falar, mantinha os sentimentos para si mesmo e nunca ficou com uma mulher que o permitisse amar descaradamente.

– Como vai a ex-megera? – perguntei.

– A Portia continua fazendo seja lá o que ela faz – ele disse, rindo discretamente. – Às vezes manda umas mensagens me pedindo para consertar alguma coisa no apartamento.

Senti o familiar fogo da proteção inflamando meu peito.

– Ela pode chamar alguém pra fazer essas coisas. Deus sabe que ela tem muito dinheiro, além do seu.

– É verdade – ele concordou, com o genuíno sorriso de um homem que se sentia finalmente livre.

Eu odiava o que a Portia fez com Niall. Ela pegou um adolescente doce e devotado e nos entregou uma versão emocionalmente reservada do mesmo homem. Eu não me importava com essa reserva, nem mesmo com sua nova disciplina emocional. Mas sentia falta do cara com o sorriso fácil e enormes olhos curiosos.

Mas foda-se. Ele estava aqui, na minha casa, finalmente voltando à vida.

– Você deveria ter comido a Teena Smith naquela festa do Robbie – eu disse.

Ele respondeu imediatamente.

– Ei, isso de novo? Eu já estava com a...

– Foda-se a Portia. A Teena daria pra você até cansar.

Ele riu, esfregando o queixo.

– Verdade, ela era um pouco assanhada demais, não acha?

– Assanhada e com uma boquinha de veludo e peitos enormes.

– Peitos enormes – ele concordou tristemente. – Peitos realmente enormes.

– Quem tinha peitos enormes? – Sara perguntou, entrando na cozinha para pegar seu café.

– A Teena – Niall e eu respondemos ao mesmo tempo.

– Aquela que eu deveria ter comido – Niall acrescentou.

– E infelizmente não comeu – expliquei. – A Portia teria se casado com aquele babaca do Richard, e o Niall teria se transformado num Deus do sexo na faculdade, em vez de virar escravo de uma esposa e de uma hipoteca.

Ele concordou, soprando seu chá enquanto voltava a olhar para o jornal.

– Talvez.

Sara olhou para nós com um sorrisinho curioso antes de sair da cozinha.

– Então... – Levei minha xícara de café até meus lábios.

Ele sorriu sem me olhar.

– Quê?

– É bom receber uma visita sua.

Meu irmão concordou, tomando um gole do chá.

– Faz tempo.

– Está tudo bem lá do outro lado do oceano?

Encolhendo os ombros, ele disse:

– Na mesma. Talvez eu volte pra cá daqui umas semanas pra participar de um congresso.

– É mesmo? – eu disse, um pouco mais animado do que pretendia.

Ele confirmou.

– Vou ficar por perto um pouco mais do que pensava, entende? Então é melhor desembuchar logo o que tem aí na sua mente inquieta.

– Oh, você quer dizer aquela coisa sobre você cuidar da Anna pra que eu possa levar minha mulher pra se divertir um pouco hoje à noite?

Niall levou a torrada até os lábios e sorriu.

– Sim, essa coisa.

– Vamos ficar fora até tarde – alertei.

– Espero que sim. – Ele não desgrudou os olhos de mim enquanto mastigava e engolia, sabendo exatamente qual era minha intenção.

– Não vou contar o que vamos fazer, se é isso que está pensando.

Ele riu, sacudindo a cabeça enquanto servia mais um pouco de chá.

- Bom, até você dizer isso eu achava que vocês iriam apenas jantar. Agora acho que é melhor não saber.

Sara trouxe a Annabel até a cozinha e se aproximou de mim, mas o Niall limpou a boca e as mãos no guardanapo e estendeu os braços na direção da nossa filha.

- Venha aqui, meu amor. Adivinha quem vai cuidar de você hoje?

Sara entregou a bebê e se virou para a geladeira, pegando uma mamadeira.

- Tem certeza?

Ele assentiu.

- Vou chutar vocês daqui eu mesmo, se for preciso.

Ela sorriu agradecida.

- Bom, vou sair lá pelas seis horas, mas tem bastante mamadeira aqui para o resto da noite - ela disse, olhando para ele sobre o ombro. - Usamos esse aquecedor aqui, tá? - Ela posicionou a mamadeira e apertou o botão. Ficamos olhando até começar a soltar vapor e apitar quando ficou pronto. - Fácil.

- Nós vamos ficar bem - ele disse, tirando a mamadeira e sacudindo-a com habilidade para esquentar o leite por igual enquanto olhava para a Anna de novo. - Não é mesmo, princesa?

Presenciando aquilo, percebi o quanto ele era mais experiente com bebês do que eu: entre nossos oito irmãos, tínhamos dezessete sobrinhos e sobrinhas, e Niall era o tio favorito de todos eles.

Sara tocou em seu ombro.

- Obrigada por fazer isso.

Ele dispensou o agradecimento, soltando um dos seus grunhidos que eram sua marca registrada.

- Esse som que você ouviu é o jeito britânico envergonhado de dizer "não tem de quê" - eu disse, rindo enquanto esperava Anna rejeitar a mamadeira e começar a chorar pela Sara.

Niall olhou para ela enquanto oferecia o leite.

– É isso aí, garota. Quem é uma boa garotinha? – Ele se abaixou e beijou sua testa. – Ah, ela tem muita fome, não é mesmo?

Meu queixo caiu quando ela agarrou o polegar dele e começou a tomar o leite com vontade.

Mas que diabos.

Se minha filha tivesse um superpoder, seria a habilidade de localizar sua mãe a vários quartos de distância. Se Sara estivesse em algum lugar da casa, a Anna não ousaria tomar mamadeira comigo.

Fechei o rosto para o Niall.

– Você deve cheirar igual a uma mulher.

– Vá se danar – ele disse para mim, usando a mesma voz suave que usava com a Annabel. – Por que o seu pai é um bobão, hein? Eu tenho centenas de sobrinhas e sobrinhos e ele acha que eu não consigo dar uma mamadeira pra você?

Rindo, levantei e comecei a tirar a mesa.

– Minha garotinha já sabe qual titio vai paparicá-la até não poder mais – Niall sussurrou alto o bastante para eu escutar. – Quem quer um pônei? Você? Você quer? Então vou te dar um pônei.

Eu gemi de frustração, dando um tapa em sua cabeça quando passei ao seu lado para ir atrás da Sara.

– Não precisa agradecer, seu energúmeno – ele cantarolou baixinho.

—

Encontrei a Sara no banheiro, colocando o par de brincos que seu pai tinha lhe dado de presente depois do nascimento da Anna.

Abaixando para beijar seu pescoço, eu disse:

– Vou pedir para o Scott nos pegar aqui às oito...

– Não. – Ela se virou para me encarar, passando as mãos pela minha camisa e ajeitando o colarinho. – Não faça isso.

Eu pisquei incrédulo, inclinando a cabeça e sentindo meu estômago congelar. Será que ela tinha mudado de ideia?

- Você não quer mais ir?

Seu doce sorriso foi tranquilizador.

- É claro que sim. Mas quero encontrar você lá. O Scott pode me levar. Você vai de outro jeito.

Ela queria ir para a boate em carros separados?

- Mas nós sempre fomos juntos.

- Não quero que nada atrapalhe quando sairmos. Se o Scott nos pegar aqui, vamos acabar conversando sobre deixar a Anna com o Niall e ficar falando sobre isso no carro. Acho que vou sair às seis com ela e fazer umas compras pra minha volta ao trabalho, depois vou pra casa da sua mãe. Vou combinar com o Niall. Scott pode me levar lá e eu encontro você na boate. Podemos voltar a sermos *nós* hoje.

- Tem certeza?

Ela mordeu os lábios e sorriu antes de sussurrar:

- Sim, tenho certeza.

Inocência, expectativa, luxúria e algo mais doce que açúcar. Era tudo que eu amava em Sara numa única equação.

- Certo, então. Te encontro lá às nove horas.

—

Fui para o trabalho de manhã, esperando encontrá-la no almoço, ou mesmo receber uma ligação dela como de costume, mas sabia que isso poderia não acontecer. Suspeitava que ela queria um pouco de distância hoje para ajudar a entrar no clima, e estava certo. Uma mensagem de texto chegou quando o escritório já estava fechando, dizendo que o Niall iria apanhar a Annabel no apartamento da minha mãe e ela me encontraria na boate, como planejado.

Essa distância era estranha, mas ao mesmo tempo excitante.

Fui para casa, tomei banho e me vesti, andando em meio ao vazio do apartamento. Niall havia ligado dizendo que logo voltaria com a Anna, e eu tinha que concordar com Sara: seria melhor eu sair antes que ele voltasse. Annabel estava em excelentes mãos, e papai Max e mamãe Sara poderiam se dar uma folga por algumas horas.

Não havia mais nada a fazer; era hora de encontrar minha esposa.

Meu celular vibrou quando eu estava saindo. Era uma mensagem do Johnny, o dono da boate:

`Use a porta da frente.`

Nós sempre entrávamos pela porta dos fundos e seguíamos direto para o quarto seis. Depois de termos nos apresentado dezenas de vezes na boate, Sara e eu éramos reconhecíveis para qualquer pessoa que frequentasse as noites de quarta-feira. E Johnny queria que ela entrasse no meio de todo mundo?

Meu instinto protetor me inflamou. Respondi:

`Foi a Sara que pediu isso?`

`Cala a boca. Estou numa reunião, porra.`

Isso queria dizer *sim*; se fosse por qualquer outra razão, ele teria dito que não.

Rindo, eu respondi em sete mensagens diferentes:

`Que`

`Pena`

`Que`

`Você`

`Tem`

`Pau`

`Pequeno`

Depois de confirmar com nosso motorista Scott que ele pegaria a Sara no apartamento da minha mãe, chamei um táxi para me levar para a boate Red Moon. Escolhi roupas simples, pois não sabia como Johnny arrumaria o quarto para o nosso retorno. Vesti calça preta e uma simples camisa cinza. Fazia tanto tempo que não usávamos a discreta entrada da frente que isso me deixou nervoso, querendo ter certeza de que me lembrava como chegar lá: usando uma chave e descendo vários lances de escada até a recepção. Só que, na recepção, não encontrei a Lisbeth como de costume, mas uma incrível ruiva que deu a volta na mesa e estendeu a mão para mim.

– Eu sou a Trin – ela disse, sorrindo para mim. – Você deve ser o sr. Stella.

Eu comia minha esposa na frente de todo mundo na boate. Essa formalidade me pareceu um pouco estranha.

– Por favor, me chame de Max.

– É um prazer conhecê-lo. – Ela fez um gesto para a pesada porta de aço que levava para a boate. – O sr. French está muito animado por ter você e a sra. Stella de volta como atração na boate.

Eu sorri, arqueando uma sobrancelha.

– Os chicotes e os grupais estão começando a cansar o público?

Ela riu, sacudindo a cabeça.

– Acho que os clientes regulares gostam da história de vocês – ela disse. – É romântico. É diferente do resto que temos aqui.

É claro que era. Que outro casal deixaria que seus momentos mais íntimos fossem expostos assim para completos estranhos? Quem mais convidaria o mundo para dentro da sua vida sexual?

Mas estar de volta, mesmo nesta antessala pouco familiar que precedia o evento principal, parecia deliciosamente surreal. Eu podia sentir o cheiro de lustra-móveis e couro que emanava do salão. Podia ouvir a batida da música atravessando a barreira da enorme porta. Foi um gatilho sensorial para mim, estar aqui, sabendo que a Sara ficaria excitada por se exibir, e sabendo que eu me excitaria ao presenciar sua sensualidade desabrochando. Nunca vou deixar de ficar maravilhado por saber que sua maior fantasia é se exibir, uma vez que em nosso dia a dia ela era tão linda mas discreta, brilhante mas infinitamente humilde.

– Como está o bebê? – Trin perguntou, tirando minha atenção da porta e trazendo-a de volta para seu rosto.

– Está ótima – eu disse, sentindo meu sorriso se abrir. – Está em casa com meu irmão.

Suas sobrancelhas se ergueram de um jeito malicioso.

– Você tem um irmão?

– Sim – eu disse, em meio a uma risada. – Ele é alto, um gênio, e sua sexualidade está reprimida o bastante pra abastecer toda a boate. Eu deveria te dar o número dele.

Trin baixou a cabeça antes de apanhar um cartão na gaveta da recepção com seu nome e telefone.

– Entregue isso a ele. – Ela se virou e fez um gesto na direção da porta. – A sra. Stella está lá dentro. Não quero atrasar você.

Porta adentro, a boate se abria num grande salão principal, com luminárias discretas e um papel de parede luxuoso com intricados padrões de listras e curvas. Cortinas de veludo enfeitavam o ambiente, ao lado de pequenas alcovas que cercavam mesas baixas, deixando o salão com um clima ao mesmo tempo luxuoso e levemente medieval. Havia um pequeno bar no canto, onde eu me lembrava, mas o salão havia sido modificado para que o palco ficasse diretamente no centro, em vez de no canto mais afastado do grande espaço.

Sara estava esperando numa alcova no meio de uma longa parede, bebericando um coquetel e, para minha surpresa, parecendo bastante confortável sozinha. Ela assistia à apresentação: uma mulher tirando as roupas ao ritmo da música enquanto um homem atrás dela estava amarrado, nu, em uma cadeira.

Foi surreal a rapidez com que meu cérebro pulou da realidade das fraudas e investidores, mamadeiras e contratos, para a realidade presente de um espaço privado – e muito ilegal – onde apenas os clientes mais ricos e com as melhores conexões podiam se esbaldar em suas fantasias voyeurísticas mais secretas. Não parecia estranho que a mulher no palco agora vestisse apenas um longo colar de pérolas entre os seios pequenos, ou que o homem agora implorasse discretamente por prazer. Ao nosso redor, as pessoas bebericavam seus drinques e conversavam em voz baixa, ou simplesmente apenas assistiam ao show principal, esperando que as salas individuais se abrissem para a plateia.

Havia mais outros seis quartos na boate, conectados ao salão principal por um longo corredor. O esquema era simples: cada quarto possuía uma cena diferente, com mesas do outro lado da janela. Os clientes pediam seus drinques enquanto desfrutavam de uma vista perfeita para algumas das fantasias mais sombrias, doces e safadas que ganhavam vida nos quartos.

Algumas das pessoas que se apresentavam ali eram frequentes – dominadores experientes, artistas da Broadway ganhando um dinheiro a mais, ou dançarinas dispostas a tentar qualquer coisa –, e algumas eram conhecidas de Johnny que imploravam pela oportunidade de se apresentar numa boate de prestígio. Sara e eu éramos os únicos amigos dele com permissão para usar um horário fixo: as noites de quarta-feira eram nossas no quarto seis pelo tempo que quiséssemos.

Embora nunca aceitássemos dinheiro – diferentemente de alguns outros que se "apresentavam" na boate –, as quartas do quarto seis se tornaram um dos shows mais populares do lugar, e bastante rentáveis para o Johnny. Nós só sabíamos disso porque ele nos contou. Nunca víamos rosto nenhum da plateia; com exceção da primeira noite e de hoje, nunca usamos a porta da frente.

E só de andar pelo curto caminho entre a porta e a mesa, eu podia sentir o burburinho ao redor, as pessoas se endireitando nas cadeiras ao perceber quem eu era. Podia sentir os gestos sutis e ouvir os sussurros discretos dizendo "Eles voltaram".

Será que a Sara também sentiu?

Será que gostou? Um calafrio subiu pelas minhas costas; senti meu coração começar a martelar com a ideia de que ela estava sentada ali, pensando em quantas vezes essas pessoas nos assistiram transando. Pensando em quanto estava ficando molhada apenas com a *ideia* disso tudo.

Sara ergueu os olhos quando Trin me conduziu até sua mesa, depois se levantou, fazendo minhas veias congelarem de repente.

Ela usava um vestido preto curto, simples, mas com detalhes encrustados que davam um leve toque cintilante. Percebi que aquele vestido ficaria incrível sob as luzes, depois sorri quando notei que ficaria ainda melhor quando estivesse *fora* dela, num emaranhado de tecido ao chão. Seus olhos estavam delineados com um leve marrom, a boca com um vermelho comestível. Não havia nada particularmente especial sobre seu visual, mas o calor em seus olhos – aquele fogo diabólico, a curva maliciosa nos lábios, a maneira como olhou para meu rosto por apenas um segundo antes de checar meu corpo todo – causou um incêndio sobre minha pele.

Eu me abaixei e beijei seu rosto.

– Olá, minha flor. – Aspirei a doçura de seu perfume, arrastando meus lábios até seu ouvido. – Você está absolutamente *linda*.

– Olá, estranho. – Ela se sentou e olhou para o assento ao lado, como se indicasse que eu deveria ficar imediatamente ao seu lado, e não de frente para ela na mesa. Havia regras rígidas na boate: dois drinques no máximo, os clientes não podiam se tocar, a presença era sempre por escolha própria e qualquer evidência do contrário resultaria no punho de Deus – também conhecido como Johnny – caindo sobre você.

Eu sabia que não deveria tocá-la aqui no salão principal, mas será que as regras se aplicavam a nós, uma vez que estava claro que fazíamos parte do show? Havia mais pessoas olhando para nós dois do que para a mulher nua que engolia o pau do homem amarrado na cadeira no meio do palco.

Eu me sentei ao seu lado e cheguei mais perto, sugando seu pescoço.

– Max – ela alertou.

– Eles estão nos observando – eu disse. – Você acha que eles querem me ver entrar aqui e seguir as regras? – Beijei um caminho até chegar em sua boca, abrindo seus lábios com os meus e chupando sua língua profundamente antes de sussurrar: – Não vi você o dia todo. Vou fazer o que bem entender agora. Foda-se o Johnny e suas regras.

E provando que eu estava certo, ninguém apareceu em nossa mesa pedindo para que nos retirássemos. Ninguém fez sinal algum de alerta do outro lado do salão. Em vez disso, parecia que o salão inteiro prendia a respiração enquanto nos assistia.

– Faz tempo que você chegou?

Ela encolheu os ombros, passando uma mecha de cabelo atrás da orelha. Isso era outra coisa que tinha mudado no último ano. Seu cabelo tinha crescido, curvas apareceram.

– Uns dez minutos antes de você.

Estudei seu rosto: o rubor nas bochechas, a respiração acelerada, os olhos que não conseguiam desviar da minha boca.

– Você sentiu as pessoas olhando pra você?

Ela confirmou.

– Achou estranho?

Ela sacudiu a cabeça lentamente antes de sussurrar um "não".

Deslizei minha mão debaixo da mesa, subindo por sua coxa nua até a renda macia da calcinha. Eu podia sentir o calor aquecendo meus dedos.

– Ficou molhada?

Ela observava minha boca.

– Sim.

– O que você acha que eles se lembram mais? – Esfreguei um dedo sobre seu clitóris por cima da calcinha, beijei seu rosto, depois cheguei nos lábios, beijando na parte mais exuberante de sua boca perfeita.

– Talvez aquela vez em que eu amarrei você – ela disse, tomando meu rosto nas mãos para inclinar minha cabeça e raspar os dentes sobre meu queixo. – Ou talvez a primeira vez que nós... – Ela deixou o resto no ar, sorrindo maliciosamente.

Eu concordei. A primeira vez que fizemos sexo anal foi aqui. Por algum motivo, parecia mais seguro, mais cadenciado. Sua fome, sua surpresa, seu prazer foram muito intensos. Eu tive certeza, assim que ela disse, que se alguma pessoa aqui esta noite presenciou aquilo, essa pessoa nunca mais vai esquecer a suave curva de sua boca quando entrei por inteiro dentro dela, e quando ela teve o orgasmo que me pareceu o mais forte de sua vida.

A atenção no salão diminuiu e depois voltou, ricocheteando entre o palco e nós dois. Éramos a opção mais discreta; *sempre* fomos a opção mais discreta na boate. O que oferecíamos não era nenhuma fantasia extrema, era simplesmente *nós mesmos* – uma relação que se aprofundava, uma confiança que se intensificava, uma exploração sexual que amadurecia. O que recebíamos em troca era um lugar seguro para experimentar de tudo. O foco da plateia era um tipo paradoxal de respeito: eles observavam quase todos os movimentos que fazíamos, mas adoravam isso. Estavam hipnotizados.

Normalmente, nós não bebíamos muito antes das apresentações, mas já que esta ocasião em particular era sobre quebrar regras – chegando separadamente, entrando pela porta da frente e nos tocando no salão principal –, eu fiz um gesto sutil para a garçonete. Ela me trouxe uma vodca *gimlet* e a Sara pediu um *club soda* com limão.

Eu estava tão animado com o que aconteceria a seguir que minha mão tremeu ao levar o drinque até a boca, o que era mais uma razão para fazer isso. Eu precisava me acalmar e me acostumar com a atmosfera antes de entrarmos em nosso quarto. Ficamos bebendo enquanto observávamos as pessoas ao redor, e concordamos sem palavras que guardaríamos o verdadeiro show para o quarto seis.

Uma mulher alta vestindo uma camisola rosa e esvoaçante, com nada além de um tapa-sexo brilhante por baixo, se aproximou de nossa mesa, sinalizando que estava na hora.

Eu me levantei depois de Sara, e senti a maneira como o salão congelou. Enquanto nos dirigíamos para o corredor, podia ouvir o discreto movimento das cadeiras e as pessoas nos seguindo a uma distância respeitável.

– Você está pronta?

– Sim – ela respondeu, com um sorriso que despontava em sua voz.

Meu coração parecia querer sair pela boca. Passamos pelos outros quartos à nossa esquerda.

Uma orgia de homens.

Uma mulher mais velha masturbando um rapaz cujo rosto parecia tão jovem que provavelmente atingira a maioridade apenas hoje.

Fiquei observando a Sara andando com confiança entre a clientela que a olhava como se a conhecesse. Depois, senti os olhos deles sobre meu rosto.

À nossa esquerda, uma mulher atrás do vidro estava amarrada e sendo preparada para penetração anal.

Enxerguei nossa porta à frente e meu corpo ganhou vida.

Eu nunca sabia o que esperar da decoração do quarto; às vezes Johnny decorava-o com simplicidade, com uma cama e nada mais. Outras vezes, a decoração lembrava minha sala de estar, um luxuoso quarto de hotel ou até mesmo um bangalô tropical.

Hoje, o sr. French escolheu novamente a simplicidade: um bar prateado com uma garrafa de uísque e alguns chocolates, um tapete felpudo cobrindo a maior parte do chão de madeira, e uma enorme cama no meio do quarto. Lençóis cor de ameixa eram a única coisa cobrindo o colchão.

Andei até o bar, olhando sobre o ombro para a Sara. A excitação de estar aqui já me sobrecarregava; eu precisava me distrair com alguma atividade que não fosse jogá-la no colchão e arrancar suas roupas.

– Você quer um drinque? – perguntei. Servi uma dose de uísque para mim e olhei para ela.

– Por que não? Uma dose pequena disso aí. – Ela acenou para a garrafa em minha mão. Sara nunca tomava bebidas fortes, mas, como disse, hoje a regra era quebrar regras. Ela estava tão confortável em seu elemento, animada para caralho. Eu podia ver no rubor em seu pescoço o quanto andar até o quarto sob os olhos de todos a deixou excitada.

Servi um pouco de uísque e ela tomou o copo das minhas mãos antes de mergulhar um dedo nele e desenhar uma linha molhada sobre seu pescoço.

Era um convite.

- Então, vamos começar?

Sua risada foi discreta e rouca.

- Nós começamos faz uma hora.

Tomei o uísque num gole só, cheguei mais perto e abaixei a cabeça para chupar seu pescoço.

- Na última vez que estivemos aqui, eu estava grávida - ela sussurrou, e eu imaginei o quanto ela sentia a atenção através do vidro espelhado.

- Você estava maravilhosa - corrigi.

- Conte o que fizemos naquela noite.

- Nós estávamos deitados - eu disse, olhando para o outro lado do quarto, onde a cama estava naquela ocasião, logo abaixo da janela com vidro espelhado que permitia aos clientes observarem enquanto nós não víamos nada lá fora. - Eu me acomodei atrás de você e te comi assim.

- Gentilmente - ela interrompeu, rindo.

Eu sorri sobre seu ombro, depois mordi sua pele.

- Apesar dos seus esforços, sim, eu estava sendo gentil. Mas vi, através do espelho e com a mesma clareza que as pessoas lá fora, quando você gozou soltando um grito.

Seus dedos subiram pelo meu peito e tocaram a pele abaixo do colarinho da minha camisa.

- E então, o que aconteceu?

Respirando fundo, fechei meus olhos quando a lembrança fez meu coração disparar.

- Sua bolsa rompeu no carro na volta pra casa.

- E depois disso?

Depois disso.

Depois nós demos meia-volta, dirigimos até o hospital no meio de uma névoa de terror e alegria, e eu invadi a emergência, carregando Sara nos braços e gritando por ajuda como se ela estivesse baleada, e não simplesmente parindo.

- E então Annabel Dillon Stella nasceu, trinta horas depois.

- Nossa *filha* nasceu, Max. - Seu queixo se ergueu junto com um sorriso orgulhoso e poderoso.

Sorri para ela, sentindo meu peito se expandir até consumir todo o mundo.

- Sim, nós conseguimos.

Ela desceu a mão sobre meu torso e segurou a ponta inchada do meu pau, puxando e lentamente acariciando através da minha calça. Assim, de repente. Sem precisar mudar de assunto. Sem precisar se distanciar da lembrança de ter uma filha. Sem separações entre a Sara mãe e a Sara amante.

- E aqui estamos novamente - ela disse, beijando minha garganta. - Só de estar aqui neste quarto me deixa louca. Eu amo isso.

Fechei meus olhos e soltei um gemido.

- E eu amo *você*.

- Eu também te amo. - Senti seu corpo se esticar e seus dentes rasparem meu pescoço. - O que você acha que eles vão sentir ao nos ver aqui hoje?

Ergui meus olhos sobre o ombro dela e olhei para o espelho gigante.

- Acho que vão sentir uma versão um pouco menor daquilo que nós vamos sentir ao *estar* aqui hoje.

- É quase como se eles fizessem parte da nossa jornada.

- Sim - concordei. - Você percebeu quando eles nos seguiram pelo corredor?

- Sim, todos eles. - Ela inclinou a cabeça para trás, passando as mãos em meus cabelos enquanto eu a beijava, descendo por sua garganta até o topo do vestido. - Eu sempre soube que muitas pessoas assistiam. Só não sabia que era quase *todo mundo*.

Abri o zíper do seu vestido e fui descendo lentamente o tecido pelos seus ombros, como se estivesse vendo seu novo corpo pela primeira vez através dos olhos deles. Sabendo que eles podiam enxergar aquilo que eu via - os seios maiores, o retorno da cintura mais fina. Eles a veriam hoje sem o benefício da transição - de grávida e cheia para seu corpo atual: magra, madura, incrivelmente sexy. Ela era uma deusa seminua em seu delicado vestido, as unhas pintadas com um rosa suave, os lábios exuberantes e vermelhos. Macia. Tudo sobre ela era tão *suave*.

Desviei os olhos, mas não antes de vislumbrar rapidamente o espelho onde as pessoas estavam assistindo, sabendo que cada um deles podia perceber minha grande possessividade e orgulho.

Olhem para ela, eu pensei enquanto abria o sutiã. *Olhem para essa mulher maravilhosa.*

Os seios estavam firmes quando os toquei, e uma torrente de calor pulsou através de mim quando percebi que ela não tinha usado a bomba de leite antes de sair.

– Meu Deus, Sara.

– É isso mesmo, Stella. – Ela puxou minha camisa de dentro da calça exibindo um sorrisinho safado. – Se vamos brincar hoje, então vamos brincar *de verdade*. – Sara desabotoou minha calça e deslizou a mão para dentro da cueca. – Aqui você não tem permissão pra fingir que não fica louco de vontade de chupar e molhar a mão. Você não tem permissão pra fingir que meu corpo desse jeito é só pra ela. É pra você também. Você fez isso. Então *use* aquilo que é seu.

Ela apertou meu pau e soltou um gemido discreto. Eu estava tão duro que já não reconhecia mais a fronteira entre o prazer e o desconforto. Era isso que ela fazia comigo: arrancava cada pensamento e sensação para me preencher com nada além de um profundo desejo agudo por ela.

– Eles vão assistir e imaginar qual é a sensação – ela disse. – Vão imaginar se você gosta. – Sua voz se tornou um sussurro quando passou a unha do dedo indicador sobre minha garganta. – Vão se perguntar se você fode meus peitos com frequência.

Eu mal conseguia olhar para ela desse jeito – excitada e sexy e possuída – sem sentir um pesado turbilhão de emoções em meu peito. Engoli em seco, tremendo as mãos enquanto empurrava o vestido para baixo da cintura. Sua necessidade era algo tangível, crescendo e preenchendo o quarto, e isso começou a me consumir também, sabendo o que encontraria na fenda no meio de suas pernas. O quanto estaria molhada e lisa entre meus dedos.

O tecido se acumulou no chão – numa visão tão sexy quanto eu tinha imaginado –, e não me dei ao trabalho de tirar sua calcinha antes de enfiar a mão por dentro, com meus dedos procurando e encontrando um paraíso molhado.

– *Nossa.*

– Eles estão se perguntando por que sua boca não está no meu peito – ela sussurrou, puxando minha cabeça para baixo até eu lamber um mamilo rosado e sentir uma doçura se espalhar em minha língua. Eu gemi, apertando o seio com a mão um pouco gananciosa demais, um pouco selvagem demais. Ela, por sua vez, deslizou as mãos sobre minhas costas. – Eles estão imaginando como seria brincar com meus peitos assim.

Chupei e gemi, virando-a de frente para o espelho, para que pudesse ver o mesmo que eles viam: eu, dobrado na cintura para alcançar os seios, lambendo até brilharem sob a luz, lambendo até crescerem cada vez mais exuberantes e apertados.

– Eu vou foder esses peitos – sussurrei.

– Sim – ela ofegou.

– Vou gozar nessa boquinha linda e depois vou chupar sua boceta tão fundo que eles vão enxergar no meu rosto o quanto você é doce.

Ela me empurrou até a cama, eu me sentei. Sara montou sobre mim e beijou minha boca. Deixei escapar uma mistura de gemido e apelo, querendo mais quando sua língua invadiu minha boca, pequena e doce, mas faminta e dominadora. Eu adorava minha Sara desse jeito, tomando o controle, poderosa, agarrando meus cabelos para posicionar minha cabeça do jeito que ela queria. Ela mandava em cada célula do meu corpo, cada suspiro, cada reflexo.

Eu não conseguia tirar minhas mãos dos seios dela, apertando e massageando, amando a sensação encorpada em minhas mãos e o molhado nas palmas. Eu a virei para que suas costas ficassem de frente para o espelho e eles pudessem ver minhas mãos deslizando sobre suas costelas, sobre as costas, até chegar na bunda.

Ela se esfregou em meu pau e depois me deitou de costas para tirar minha calça e cueca num único puxão determinado e desesperado.

– Meias – eu ordenei, e ela riu enquanto terminava de me despir.

Minha esposa me olhou de um jeito que mostrava suas intenções pervertidas antes de começar a lamber subindo por minhas pernas, abrindo-as para arrastar a língua sobre minhas bolas.

– Garota safada – eu disse em meio a uma risada, fechando os olhos enquanto ela subia a língua quente até meu pau. Agarrei seus cabelos com força e guiei sua cabeça enquanto ela me chupava com voracidade. Apoiado nos cotovelos, estiquei o braço para dar um tapa em sua bunda e acabei gemendo quando ela impulsionou o corpo sobre meu pau, engolindo a ponta até o fundo em sua garganta.

Estava bom *demais* – muita sucção, muito calor, eu não duraria desse jeito –, então deitei Sara de costas, sorrindo diante de sua surpresa quando montei sobre suas costelas e puxei seus peitos ao redor do meu pau. Eu ainda estava molhado por causa de sua boca e comecei a mexer, fodendo com um tipo de abandono selvagem que há tempos não me permitia. Eu podia até deixar marcas e sentia que nenhum de nós se importava com isso. Eu podia gozar sobre seu pescoço, podia fazer qualquer coisa, podia sentir a ponta do meu pau tocando a pele delicada de sua garganta, e podia ver em seu rosto que esse era o tipo de comportamento bruto e possessivo que ela precisava.

Ela sentia falta de me ver agindo dessa maneira. Sentia falta de me ver obcecado e faminto por ela, selvagem e fora de mim. Será que ela realmente precisava dessa confirmação? Todos os dias eu dizia o quanto ela era linda. Todas as noites ela sentia meu desejo quando se aninhava em meu corpo. Mas é claro, aqui era diferente: aqui, de algum jeito, nós estávamos mais nus do que em nosso próprio quarto, como se tentássemos constantemente superar nossos limites sobre o quanto estávamos dispostos a compartilhar com as pessoas do outro lado do espelho.

Nós dávamos a eles um show, mas não era encenado. Era como se fosse um jogo onde podíamos revelar cada pensamento pervertido e devasso em nossas mentes sujas, cada impulso indecente, cada vulnerabilidade que precisava de atenção.

Entendeu?, ela disse com os olhos. *Você se esqueceu do quanto eu adoro te ver selvagem por mim. Você se esqueceu de que nós vivemos para explorar nossos fetiches e limites.*

Mas eu me lembrava.

E era um jogo *fantástico*. Percebi o momento em que ela também sentiu, pois seus lábios se abriram num grande sorriso e ela começou a rir, deslizando os dedos sobre mim e arqueando as costas para pressionar meu pau mais forte sobre sua pele.

Eu estava perto de gozar, podia sentir a força se acumulando atrás do umbigo e descendo até eu enlouquecer. Apoiei a mão ao lado de sua cabeça enquanto eu metia vorazmente, movendo os quadris cada vez mais rápido e forte sobre ela até ouvir minha própria voz como um grunhido, alertando, implorando, anunciando onde e quão forte seria o meu orgasmo.

O pescoço dela.

Os seios dela.

Os lábios dela e o queixo dela quando ela se ergueu, de olhos arregalados, vidrada em meu pau enquanto eu gozava.

Ainda ofegando, deslizei sobre seu corpo, acariciando sua pele molhada e pousando a mão sobre sua barriga. Eu me ajeitei entre suas pernas, beijando o quadril, a coxa e, finalmente, encontrando a doçura entre suas pernas. Suas mãos agarraram meus cabelos novamente e começaram a puxar ao mesmo tempo em que ela erguia os quadris do colchão, rebolando enquanto eu chupava e lambia, sabendo quando acelerar e quando ir mais devagar, sabendo como arrancar os gemidos roucos de sua garganta e fazendo-a gozar, para em seguida diminuir o ritmo cada vez mais, sorrindo diante de seus olhos fechados de alívio e seus lábios brilhantes de suor.

Eu me ajoelhei e deslizei meus dedos dentro dela, olhando de cima enquanto a penetrava. Já vira Sara nua de todo jeito possível – aberta debaixo de mim, tomando banho sozinha, implorando por mais prazer ou menos dor, perdida em meu toque e ignorando minha proximidade – e havia algo tão íntimo, tão *seguro*, em compartilhar essa visão dela, sendo o único privilegiado que podia tocá-la e conhecer cada um desses momentos mais discretos. Ninguém a veria dando à luz nossa filha ou se abaixando para depilar as pernas no banho. Ninguém a veria dormindo, abraçada a um travesseiro em nossa cama ou dando de mamar às quatro da manhã. Os donos de cada par de olhos lá fora observando-a gozar com meu toque nunca, nem em um milhão de anos, seriam capazes de dar a ela aquilo que eu dei. Para Sara, nada a excitava mais do que minha total e profunda adoração.

Cada segundo que a amei – uma história de amor inesquecível condensada em menos de dois anos – se concentrava neste único toque. Minha mão diminuiu a velocidade, tirei os dedos cuidadosamente e me abaixei para cobrir seu corpo com o meu, depois sua boca com a minha. Eu estava quase duro novamente e então a penetrei, querendo estar dentro dela quando ela explodisse em êxtase.

Suas pernas envolveram meus quadris, as mãos deslizaram por minhas costas enquanto ela soltava seus perfeitos gemidos em meu ouvido, dizendo que estava quase lá, pedindo para ir mais rápido, para chupar, para ir mais forte e mais forte.

Ela estava melada com meu orgasmo, leite, suor e uísque. O prazer se acumulou gota a gota até ultrapassar aquela sensação que era intensa demais para simplesmente ser chamada de prazer, e quase dolorosa de tão boa. Eu a beijei mais uma vez, num gentil grunhido e uma leve mordida antes do meu controle evaporar e eu enlouquecer por completo, fodendo com investidas molhadas e selvagens.

Eu me esfregava nela, sentindo a tensão se acumular até explodir, gozando com um grito. Embaixo de mim, Sara soltava gemidos baixinhos que seguiam o ritmo de seus espasmos ao redor do meu pau.

– Max... – ela sussurrou enquanto me abraçava, num movimento que raspou sua pele sensível em meu corpo, causando-lhe calafrios. Comecei a me retirar, mas ela me impediu deslizando as mãos sobre minhas costas suadas. – Fique aqui dentro.

Recuperei meu fôlego na pele macia ao lado de seu pescoço, quase sem conseguir manter meu peso fora dela. Suas unhas arranharam de leve para cima e para baixo em minhas costas, suas pernas ainda enlaçadas em meus quadris.

- Tudo bem?

Ao meu lado, ela assentiu.

- Isso foi divertido - murmurei, depois senti seu sorriso quando ela beijou meu rosto.

- Bem-vindos de volta, sr. e sra. Stella - ela disse.

—

Na volta, sentamos juntos no banco de trás do carro enquanto Scott dirigia pelas ruas de Manhattan. Eu me sentia solto, capaz de liberar a tensão pela primeira vez em meses, e só agora percebi o quanto estive aterrorizado: eu não sabia se um dia encontraríamos o caminho que nos unia ou se, de agora em diante, sempre haveria algo mais - filhos, carreira, a vida em si - fazendo essa ponte entre nós dois.

Não teria sido uma tragédia se isso tivesse acontecido, se o segredo que compartilhamos sumisse com o tempo nos forçando a encontrar nossa intimidade de outras maneiras. Mas saber o quanto era fácil voltar para isso, e que poderia acontecer quando bem entendêssemos, aliviou uma culpa e um peso que havia dentro de mim.

- O que você está pensando? - ela perguntou, como sempre fazia, justamente quando eu menos queria admitir meus pensamentos.

- Algo não muito louvável.

- Ah, então agora você *precisa* me contar.

Eu me virei para ela e tomei sua mão na minha.

- Eu estava pensando o quanto estou aliviado por ainda termos isso. Pensei que se acabasse, ficaria tudo bem, mas acho que eu me sentiria um pouco devastado a princípio. Posso compartilhar você com vários filhos, desde que exista um pedaço de você que seja apenas meu.

- Existe muito mais do que um pedaço que é apenas seu - ela disse, olhando para mim um pouco surpresa. - É o nosso casamento. É algo entre nós que precisamos cultivar, sabendo que um dia vamos acabar sozinhos novamente naquele apartamento enorme.

– Se você quiser mais filhos, sabe que não poderemos ficar em Manhattan pra sempre – eu disse.

Sara pousou os dedos sobre meus lábios, dizendo:

– Shhh. Vamos curtir essa nova fase por enquanto.

Nós nos endireitamos e percebemos ao mesmo tempo que o celular não tinha tocado nenhuma vez durante toda a noite.

– Merda – ela sussurrou, procurando na bolsa. – Será que eu desliguei o celular sem querer?

– Eu não desliguei o meu – eu disse, apanhando meu telefone no bolso. Não havia mensagens nem ligações perdidas. Nada.

Eu rapidamente digitei para o Niall:

`Está tudo bem? Estamos voltando.`

Sua resposta veio quase imediatamente.

`Tudo está bem. Anna está dormindo. Até.`

—

Niall estava esparramado sobre o sofá de couro na sala de estar, assistindo John Oliver na televisão. Nossa pequena Anna estava dormindo no meio de suas longas pernas, com uma das mãos na boca e a outra segurando seu cobertor com estampa de leões.

– Então a noite foi boa? – ele perguntou com a voz baixa, olhando para nós enquanto pendurávamos os casacos.

– Foi ótima – eu disse, registrando aquela cena. – Você tem certeza que não quer ser meu vizinho? Tem um apartamento à venda. Seria bastante conveniente para nós.

Ele riu.

- É tentador. Seu prédio é muito luxuoso, e esta pequenina aqui é sensacional.

- Valeu, cara - eu disse discretamente. - Você permitiu que a gente se esquecesse das preocupações.

Ele sorriu para mim, olhando daquele jeito que dizia que eu era um bobão sentimental, depois pousou a mão sobre a barriga da Anna.

- Foi realmente legal. Talvez algum dia você possa retribuir o favor. - Seu sorriso apagou por uma fração de segundo, e nesse instante eu senti todo o peso da sua decepção com o casamento.

- Sem dúvida - completei.

A Sara foi se trocar e eu apanhei a Anna com a confiança de um pai que espera que a filha continue dormindo. Mas não continuou; desta vez ela acordou, e seu rostinho lindo se fechou quando ela começou a chorar.

- Ah, desculpe, desculpe - sussurrei, balançando-a gentilmente. - Só mais um pouquinho e sua mamãe já vem.

Ela não queria ser balançada nos braços de ninguém; ela queria a Sara, e o som de seu choro frustrado causou dor em meu peito. Mas não me afetou do mesmo jeito que me afetaria apenas alguns dias atrás. Eu me sentia recarregado como uma bateria, cheio de paciência, calma e paz, resultantes de um contentamento genuíno.

Sara apareceu no corredor e tirou a Anna de mim, e eu as segui até o berçário, observando as duas se ajeitando na cadeira de balanço.

- Que bela visão, minhas duas garotas juntas.

- Ela provavelmente é a bebê mais linda do mundo - Sara disse, sorrindo para mim. Tão relaxada, tão contente. Era como se ela soubesse o tempo todo que terminaríamos bem aqui, nesta noite.

Eu me aproximei e beijei o rostinho macio de Annabel enquanto ela se acalmava e começava a mamar.

- Você puxou o lado sensível do seu papai - sussurrei. - Foi mal aí, garotinha. Mas também puxou o lado forte da sua mamãe, então, no final das contas, você vai se dar bem na vida.

Uma estagiária ambiciosa. Um executivo perfeccionista. E um relacionamento ardente e totalmente perigoso!

Esperta, dedicada, prestes a cursar um MBA, Chloe Mills tem apenas um único problema: seu chefe, Bennett Ryan. Ele é exigente, insensível, sem consideração – e completamente irresistível. Um belo cretino. Bennett acaba de retornar da França para assumir um cargo importante na empresa de comunicações de sua família. Mas o que ele não poderia imaginar era que a pessoa que o ajudava enquanto ele estava no exterior era essa criatura linda, provocadora e totalmente irritante que agora ele tem de ver todos os dias. Ele nunca foi do tipo que se envolve em relacionamentos no ambiente de trabalho, mas Chloe é tão tentadora que ele está disposto a flexibilizar essa regra – ou quebrá-la de uma vez – para tê-la. Por todo o escritório! Mas o desejo que um sente pelo outro cresce tanto que Bennett e Chloe terão de decidir o que estão dispostos a perder para ganhar um ao outro.

Uma forte atração. Nenhum tempo para ficarem sozinhos. E uma misteriosa disputa entre quatro paredes...

O intenso relacionamento entre Chloe Mills e Bennett Ryan de *Cretino Irresistível* continua ainda mais ardente e sensual.

Agora que a carreira de Chloe está decolando, ela não tem tempo para mais nada e insiste em recusar as investidas de Bennett para passarem um tempo a sós. Ele nunca foi do tipo que aceita um não como resposta e essa disputa resulta em uma ardente relação de amor e obsessão.

Um charmoso playboy britânico. Uma garota determinada a finalmente viver. E uma ligação secreta revelada em cores quentes...

Após ser traída, Sara Dillon se muda para Nova York em busca de agitação e paixão sem compromisso. É assim que ela encontra um sexy e irresistível britânico dançando em uma boate que não deveria significar nada além de uma noite de diversão. Mas a maneira – e a velocidade – com a qual ele acaba com suas inibições está prestes a transformar essa relação em algo arrebatador.

A cidade inteira sabe que Max Stella ama as mulheres. Isso não significa que ele tenha encontrado uma que realmente desejasse manter por perto. Apesar de atrair muito com seu charme de *bad boy* da Wall Street, é só quando Sara aparece em sua vida que ele começa a se perguntar se existe alguém para estabelecer uma relação fora do quarto.

Encontrando-se em lugares onde qualquer um pode vê-los, o que assusta Sara mais do que ser pega em público é ter Max muito próximo...

O que acontece em Las Vegas... fica em Las Vegas!!!

Quando os amigos de Bennett finalmente o arrastam para sua despedida de solteiro, sua primeira parada não acontece exatamente como esperado. Seus planos para um fim de semana apenas com os caras desmoronam completamente quando Bennett e Max fazem de tudo para se encontrarem secretamente com as mulheres que amam. Mas quando o solteirão Will Sumner começa a desconfiar, os dois percebem que terão que unir forças se quiserem mais algumas escapadinhas sexys em Las Vegas.

Chloe Mills e Bennett Ryan estão de volta para uma última aventura antes do casamento – mas talvez eles não queiram nunca mais ir embora!

Uma linda nerd. Um incorrigível Don Juan. E uma aula de química só para maiores...

Quando Hanna Bergstrom escutou de seu irmão que ela precisava ter uma vida social e se libertar um pouco da faculdade, ela jurou que iria cumprir essa tarefa: sair mais, fazer amigos, começar a namorar. E quem melhor para transformá-la na garota dos sonhos de todo homem do que o lindo melhor amigo de seu irmão, o investidor e playboy assumido Will Sumner?

Will ganha a vida assumindo riscos, mas a princípio ele não bota fé na transformação daquela garota desajeitada... até que numa noite selvagem, sua inocente pupila o seduz e acaba ensinando uma lição sobre o que é ficar com uma garota ardente e... inesquecível. Agora que Hanna descobriu o poder de seu próprio *sex appeal*, resta a Will provar que ele é o único homem que ela precisa.

Uma noiva irresistível. Um noivo apaixonante. E um tórrido romance de escritório que se transformou em amor verdadeiro.

Em *Noiva irresistível*, Chloe Mills e Bennett Ryan mal podem esperar pelos sinos matrimoniais. Chloe, exasperada e estressada por todos os arranjos de última hora, está prestes a dizer "sim" para uma fuga até Las Vegas. Por sua vez, Bennett teve a brilhante ideia de evitar sexo antes do casamento, regra que apenas piorou o mau humor dos dois. Quando seus familiares malucos chegam para o grande dia, os fogosos amantes irão descobrir se um casal que discute tanto pode continuar junto tempo o bastante para trocarem alianças – e não apenas provocações.

Chloe e Bennett, o casal favorito das fãs, passaram por muita coisa juntos desde aquela noite ardente na sala de conferência em *Cretino Irresistível* – agora, junte-se a eles para o casamento do século.

Este livro foi composto nas fontes Adobe Garamond Pro,
ChopinScript, AgencyFB e Neutraface Text,
e impresso em papel *Norbrite* 66,6g/m^2 na Assahi.